अगली कहानी

वाणी प्रकाशन

नयी दिल्ली-110002

फोन : 3273167, 3275710 ● फैक्स : 3275710

e-mail : vani_prakashan@yahoo.com
vani_prakashan@mantraonline.com

अगली कहानी

सेस नूटेबूम

अनुवाद

विष्णु खरे

ISBN 81-7055-970-7

The financial support of Nederlands Literair Produktie- en Vertalingenfonds is acknowledged

वाणी प्रकाशन
21-ए, दरियागंज, नयी दिल्ली-110002
द्वारा प्रकाशित

प्रथम संस्करण : 2002

अनुवाद : विष्णु खरे
आवरण : जर्मन चित्रकार वोल्फ़गांग मट्होइअर
(Wolfgang Mattheuer) की कृति
वासनून? (Was nun—अब क्या?) 1980।

मूल्य : 100.00

नागरी प्रिंटर्स, दिल्ली-110032
में मुद्रित

AGALI KAHANI
Hindi Translation by VISHNU KHARE
of CEES NOOTEBOOM'S Dutch Novel
HET VOLGENDE VERHAAL

अनुवादक की ओर से
हिंदी के अप्रतिम गल्पकार-द्वय
निर्मल वर्मा तथा मनोहर श्याम जोशी
को समर्पित

Scham sträubt sich dagegen, metaphysichen Intentionen unmittelbar auszudrücken; wagte man es, so wäre man dem jubelenden Miβverständnis preisgegeben.

आध्यात्मिक अभिप्रायों को सुस्पष्ट करने में हिचकिचाहट होती है; यदि हम वैसा करते हैं तो ख़ुशफ़हमी के शिकार बन सकते हैं।

ठेओडोर अडोर्नो

''नोटेन त्सूर लिटेराटूअर II''

''त्सूर श्लुससेने डेस फ़ाउस्ट''

('साहित्य पर टिप्पणियाँ' पुस्तक के दूसरे खंड के

लेख 'फ़ाउस्ट के अंतिम दृश्य पर' से)

1

अपने स्वयं के व्यक्तित्त्व में कभी मेरी अतिरंजित रुचि नहीं रही लेकिन इसका अर्थ यह नहीं है कि मैं जब चाहता अपने बारे में सोचना बंद कर सकता था—दुर्भाग्यवश नहीं। और उस सुबह तो मेरे पास सोचने के लिए कुछ था, इतना तो तय है। किसी और ने शायद उसे जीवन या मरण के मामले की तरह लिया होता लेकिन इस तरह के भारी-भरकम शब्द मेरे होठों पर नहीं आते, उस वक्त भी नहीं जब कोई और मौजूद न हो, जैसे कि तब।

मैं इस अजीबोग़रीब अहसास के साथ जाग उठा था कि शायद मैं मर चुका हूँ, लेकिन उस क्षण मैं यह पता नहीं लगा सका कि क्या मैं सचमुच मर चुका हूँ, या मर चुका था, या इनमें से कुछ भी नहीं था। मैंने जान रखा था कि मृत्यु अस्तित्त्वहीनता होती है और आदमी यदि वैसी हालत में हो तो, जैसा कि मैंने यह भी जान रखा था, सारा सोचना ख़त्म हो जाता है। वैसा तो था नहीं, क्योंकि मैं तब भी चिंताओं, विचारों और स्मृतियों से भरा हुआ था। और मैं अभी भी था, कुछ ही देर बाद यह साफ़ हो जाना था कि मैं चल, देख और खा सकता था (मेरे मुँह में माँ के दूध और शहद से बने-जैसे उन छोटे बनों का स्वाद, जिन्हें पुर्तगाल के लोग नाश्ते में खाते हैं, घंटों तक बना रहा था)। मैं असली पैसों से दाम चुकाने में समर्थ था। यह आख़िरी चीज़ मेरे लिए सबसे ज़्यादा प्रामाणिक थी। तुम्हारी नींद एक ऐसे कमरे में खुलती है जिसमें तुम सोने नहीं गए थे लेकिन तुम्हारा ब्रीफ़केस बिस्तर के पास एक कुर्सी पर रखा हुआ है, जैसा कि उसे होना चाहिए। यह कि मैं पुर्तगाल में था मैं जान चुका था, हालाँकि हमेशा की तरह

मैं सोया अम्स्टर्डाम में था, लेकिन मेरे बैग में पुर्तगाली पैसे होंगे इसकी मुझे उम्मीद नहीं थी। कमरे को मैं फ़ौरन पहचान गया था। यहीं पर मेरे जीवन के सर्वाधिक महत्त्वपूर्ण प्रसंगों में से एक घटित हुआ था, यदि मेरे जीवन के प्रसंगों को वैसा कहा जा सके तो।

लेकिन मैं भटक रहा हूँ। शिक्षक के रूप में अपने अनुभव से मैं जानता हूँ कि आदमी को हर चीज़ दो बार बतानी पड़ती है ताकि इस बात की संभावना बन पाए कि जहाँ अव्यवस्था का बोलबाला लगता हो वहाँ व्यवस्था स्थापित हो सके। तो मैं उस सुबह के पहले पहर को लौटता हूँ, उस क्षण को, जब मैंने अपनी आँखें खोलीं, जो अब भी मेरे पास थीं। "हेतुक संरचना की दरारों से आते झोंकों को हम अनुभव करेंगे", किसी ने कहा था। सो उस सुबह सचमुच मेरे आसपास तेज़ हवा चल रही थी, उस वक्त भी जब पहले मेरी नज़र कई बेहद ख़ूबसूरत ठोस, बराबर दूरियों वाले शहतीरों पर टिकी एक छत पर पड़ी जो एक ऐसी बनावट थी जो अपने उपयोग की स्पष्टता के कारण विश्राम और सुरक्षा की वह भावना पैदा करती थी जिसे निद्रा के अँधेरे राज्य से लौटने पर हर मानव-प्राणी चाहता है। वे शहतीर इसलिए उपयोगी थे कि वे अपनी ताकत से ऊपर के फ़र्श को थामे हुए थे और वह ढाँचा इसलिए स्पष्ट था कि शहतीरों के बीच एकदम बराबर की दूरी थी। इसे मुझे आश्वस्त करना चाहिए था लेकिन वैसा कुछ भी नहीं था। एक तो यह मेरे शहतीर नहीं थे और दूसरे इस कमरे में ऊपर से मानवीय कामुकता की ध्वनियाँ आ रही थीं जो मेरे लिए तकलीफ़देह था। सिर्फ़ दो संभावनाएँ थीं : या तो यह मेरा कमरा नहीं था, या यह मैं नहीं था, और उस सूरत में न तो ये मेरी आँखें थीं और न ये मेरे कान थे, क्योंकि ये शहतीर मेरे काइज़रग्राष्ट वाले सोने के कमरे से छोटे थे, और फिर उसके ऊपर कोई मर्द या औरत नहीं रहते थे जो मुझे अपनी अदृश्य वासना से परेशान कर सकें। मैं बेहरकत लेटा रहा, कुछ नहीं तो इसी ख़याल का आदी हो जाने के लिए कि मेरी आँखें संभवतः मेरी आँखें नहीं हैं, जो कि ज़ाहिर है यही कहने का गोल-मोल तरीका है कि मैं वहाँ मुर्दे जैसा पड़ा रहा, क्योंकि मुझे मौत-सा डर था कि मैं कोई और आदमी था।

यह पहली दफ़ा है कि मैं इस सबको बताने की कोशिश कर रहा हूँ और मुझे यह आसान नहीं लग रहा है। मैंने हिलने-डुलने की हिम्मत नहीं की क्योंकि

यदि मैं सचमुच कोई और था तो मैं नहीं जानता हूँगा कि वैसा कैसे करना होता होगा। मेरी आँखें, जिन्हें फ़िलहाल मैं इसी तरह कहूँगा, उन शहतीरों को देखती रहीं जो मेरे नहीं थे, और मेरे कान, या उस संभावित दूसरे के कान, ऊपर के उन लगातार चढ़ते कामोद्गारों को सड़क की एक एम्बुलेंस की चीख़ से समागम करता सुनते रहे, और वह भी अपनी असली चीख़ नहीं निकाल रही थी। मैंने अपनी आँखें छूने के लिए हाथ बढ़ाया और पाया कि वे बंद थीं। अपनी आँखों को सचमुच छू पाना संभव नहीं है, आदमी हमेशा पहले अपनी पलकें मूँद लेता है, जो वैसा करने के लिए बनाई गई हैं, बस यही है कि वह फिर उस हाथ को नहीं देख पाता जो उन बंद आँखों को छूता है। गिल्टियाँ, यही महसूस किया मैंने। यदि हिम्मत हो तो उन्हें थोड़ा सा दबा भी सकते हो। मुझे यह कहते शर्म आती है कि इस धरती पर इतने वर्षों से रहते हुए भी मैं अब तक नहीं जानता कि आँख की बनावट कैसी होती है। कनीनिका, दृष्टिपटल, परितारिका और पुतली को मैं लैटिन-मूल के पर्याय 'कोर्निआ', 'रैटिना', 'आइरिस' और 'प्यूपिल' जैसे शब्दों से जानता हूँ जो अंग्रेज़ी वर्ग-पहेलियों में फूलों और विद्यार्थियों के श्लेषों की भूमिका निभाते हैं, लेकिन वह असली वस्तु, वह जमे हुए अवलेह या सरेस जैसी गोली, हमेशा मुझमें एक डर पैदा करती है। जब भी मैं उसके लिए 'जेली' शब्द का इस्तेमाल करता हूँ लोग हँसते हैं, लेकिन 'किंग लिअर' में ग्लाउसेस्टर की आँख फोड़ते हुए कॉर्नवॉल चीखता है : "आउट, वाइल जेली", "बुझ जा, गंदी जेली", और ठीक यही मैंने सोचा था जब मैंने उन न देखती हुई गिल्टियों को दबाया था जो मेरी आँखें थीं या नहीं थी।

देर तक मैं वैसे ही लेटा रहा और पिछली शाम की घटनाओं को याद करने में लगा रहा। एक कुँवारे की शामें, जैसा कुँवारा मैं हूँ, बहुत उत्तेजक नहीं होतीं, कभी-कभी आदमी देखता है कि एक कुत्ता अपनी ही दुम को काटने की कोशिश कर रहा है। तब एक तरह का कुत्ता-चक्रवात शुरू होता है जो तभी ख़त्म होता है जब इस तूफ़ान से कुत्ता कुत्ते के रूप में निकल आता है। ख़ालीपन, यही देखते हो तुम उस कुत्ते की आँखों में, और ख़ालीपन ही मैं महसूस कर रहा था उस अजनबी बिस्तर में। क्योंकि मान लो मैं मैं नहीं था, लिहाज़ा कोई दूसरा था (कोई नहीं था कहना तो मुझे लगता है ज़्यादती होगी), तो मुझे उस दूसरे की स्मृतियों को अपनी स्मृतियों की तरह समझना होगा, आख़िर हर आदमी अपनी स्मृतियों

को "मेरी स्मृतियाँ" कहता है।

अफ़सोस कि आत्मसंयम एक ऐसी चीज़ है जो हमेशा मुझमें रही है, वर्ना मैं शायद चिल्लाया होता, और जो भी यह दूसरा था उसमें भी यह गुण था और वह भी चुप रहा। संक्षेप में, जो भी वहाँ लेटा हुआ था उसने अपनी या मेरी अटकलबाज़ियों की चिंता छोड़ स्वयं की स्मृतियों के काम को समर्पित होने का निश्चय किया, और चूँकि वह, जो भी था वह था, लिस्बन के उस कमरे में अपना ज़िक्र मैं के रूप में कर रहा था, जिसे मैंने स्वाभाविक है शैतान-जैसी बारीक़ी से पहचान लिया था, मैंने इस तरह से याद किया : अम्स्टर्डाम में शाम एक कुँवारे की, जो अपना खाना खुद पका रहा है, जिसका मतलब मेरे मामले में होता है सेम के दानों का एक डिब्बा खोलना। "बढ़िया तो यह होगा कि तुम उन्हें सीधे डिब्बे से कच्चे खाना" मेरी एक पुरानी मित्र ने कहा था और उस सलाह में कुछ दम था। उस स्वाद का कोई जवाब नहीं।

यहाँ आकर ज़ाहिर है कि मुझे अपने बारे में सब बताना चाहिए यानी मैं कौन हूँ और क्या हूँ, लेकिन उसके लिए शायद हम थोड़ा और ठहर सकते हैं। अभी इतना ही कि मैं प्राचीन साहित्य का अध्येता हूँ, कभी प्राचीन भाषाओं का शिक्षक था, या, जैसा मेरे विद्यार्थी कहा करते थे, भाषाओं का प्राचीन शिक्षक था। मैं तब तीसेक का रहा हूँगा। मेरा फ़्लैट पुस्तकों से भरा हुआ है जो मुझे अपने बीच रहने की इजाज़त देती हैं। तो यह थी मंच-सज्जा, और कल शाम का दृश्य इस तरह रहा होगा : एक अपेक्षाकृत नाटा आदमी, ललछौंहे बालों वाला जो अब सफ़ेद होने चले थे, यदि उन्हें मौका मिले तो। मेरी प्रवृत्ति उन्नीसवीं सदी के किसी अंग्रेज अध्येता जैसा बर्ताव करने की-सी है। मैं एक लंबे चेस्टरफील्ड कोट में रहता हूँ जिस पर काफ़ी पुराना ईरानी कंबल लिपटा रहता है ताकि उस कोट की उधड़ी हुई अँतड़ियाँ न दिखें, और खिड़की के ठीक सामने एक ऊँचे दीवट के तले पढ़ता हूँ। मैं हमेशा पढ़ता रहता हूँ। मेरे घर से नहर के उस पार रहने वाले दंपति ने एक बार मुझसे कहा था कि जब भी मैं देश वापस लौटता हूँ तो उन्हें बहुत खुशी होती है क्योंकि वे मुझे एक तरह का प्रकाश-स्तंभ समझते हैं। महिला ने तो मुझे यह राज़ तक बताया कि वह कभी-कभी मुझे दूरबीन से देखती है। "मैं जब एक घंटे बाद दुबारा आपको देखती हूँ तो आप तब भी वहीं वैसे ही बैठे रहते हैं, कभी-कभी मैं सोचती हूँ कि आप चल बसे हैं।"

''जिसे आप चल बसना कहती हैं दरअसल वह एकाग्रता है, श्रीमती जी'', मैंने कहा, क्योंकि अनचाही बातचीत को बीच में ही ख़त्म कर देने का मैं उस्ताद हूँ। लेकिन वह यह जानने पर आमादा थी कि मैं इतना सब क्या पढ़ता हूँ। ये बहुत सुखद क्षण होते हैं, क्योंकि यह बातचीत हमारे नुक्कड़ वाले कैफ़े 'दे क्लेपेल' में चल रही थी और मेरी आवाज़ ऊँची, कुछ लोग तो कहते हैं आक्रामक, है। ''पिछली शाम, देवी जी, मैं थेओफ्रास्तुस का ग्रंथ ''चरित्र'' पढ़ रहा था और उसके बाद कुछ देर के लिए नोन्नोस का ''दीओनीसिआका।'' इसके बाद इस तरह के कैफ़े में एक क्षण के लिए चुप्पी छा जाती है और मुझे हर आदमी चैन से अकेला छोड़ देता है।

लेकिन अभी किसी और पिछली शाम की बात चल रही है। मैं अपने जिन के पाँच पैगों के पंख लगाकर लहराता हुआ घर में घुसा था और अपने तीनों डिब्बे खोले थे। कैम्बेल के 'मॉक टर्टल', 'हाइंत्स' के टमाटर के सालन वाले सेम के दाने, और 'हाइंत्स' के फ्रांकफुर्टर वाले डिब्बे खोलने का रोमांच, वह हल्की 'ठक' की आवाज़ जब तुम औज़ार को टीन में धँसाते हो और उसमें से निकलती कुछ खुशबू सूँघ पाते हो, और फिर डिब्बे को किनारे-किनारे गोल काटते चलना और वह वर्णनातीत ध्वनि जो उससे उठती है—यह उनं अत्यंत ऐन्द्रिक अनुभवों में से है जिन्हें मैं जानता हूँ, हालाँकि मेरे मामले में वैसे अनुभव बहुत उल्लेखनीय नहीं हैं। मैं अपना खाना रसोई की एक कुर्सी पर बैठकर रसोई की मेज़ से खाता हूँ, एक ऐसे चित्र की अनुकृति के सामने जिसे प्रिथिनोस ने ईसा से छः सदियों पहले एक कटोरे पर बनाया था (और जो इतना गुस्ताख़ था कि अपने से पहले की सदियों पर भी अपना हक़ जताता था), विषय था पेलेउस से युद्ध करती हुई थेतिस। जलपरी थेतिस हमेशा से मेरी कमज़ोरी रही है, सिर्फ़ इसीलिए नहीं कि वह अकिल्लीरा की माँ थी बल्कि मुख्यतः इसलिए कि देवपुत्री होने के कारण उसने मर्त्य पेलेउस से विवाह का विरोध किया था। सही थी वह। यदि कोई स्वयं अमर है तो मर्त्यों से उठने वाली दुर्गंध उसके लिए असह्य होती होगी। उस भावी शव से भागने के लिए उसने हर संभव प्रयास किया, क्रमशः अग्नि, जल, सिंह और सर्प में बदलते हुए। यह होता है अंतर देवताओं और मानवों में। देवता स्वयं को बदल सकते हैं, मानव केवल *बदले जा सकते हैं।* अपने इस कटोरे से मुझे प्यार है, दोनों प्रतिद्वंद्वी एक-दूसरे को देख नहीं रहे हैं, दोनों की सिर्फ़ एक-एक

आँख बनी हुई है, एक आड़े गड्ढे की तरह, जिसका निशाना लगता है कुछ भी नहीं है। क्रुद्ध सिंह थेतिस के विचित्र ढंग से लंबाए गए हाथ के पास स्थित है, सर्प पेलेउस के टखनों में लिपट कर जकड़े हुए है, साथ-साथ हर चीज़ थमी हुई लगती है, यह एक मरणांतक शांत संघर्ष है। मैं खाना खाते हुए सारे समय थेतिस को देखता रहता हूँ क्योंकि भोजन के बीच मैं कभी खुद को कुछ पढ़ने की इजाज़त नहीं देता। और मुझे इससे आनंद मिलता है, भले ही कोई मेरा विश्वास न करे। बिल्लियाँ हर दिन एक ही तरह से खाना खाती हैं। इसी तरह चिड़ियाघर में शेर भी, और मैंने उनसे कभी कोई शिकायत नहीं सुनी है। सेम पर पिक्कालिल्ली, फ़्रांकफुर्टरों पर पीली सरसों मोस्टर्ड का सिरका, जिससे मुझे याद आता है, जबकि मैं यह शब्द मोस्टर्ड कहता हूँ, कि मेरा नाम मुस्सेर्ट है। हेर्मान मुस्सेर्ट। कोई अच्छा नाम नहीं, (इससे लोगों को दूसरे विश्व युद्ध के देसी ग़द्दार मुस्सेर्ट की याद आती है), मोस्टर्ड ही बेहतर रहता, लेकिन क्या किया जा सकता है। और मेरी आवाज़ इतनी ऊँची तो है ही कि किसी भी मूर्खतापूर्ण हँसी को उसके गले में ही दबा दे।

खाने के बाद मैंने बर्तन धोए और एक कप नेस्कैफ़े के साथ आरामकुर्सी में फँस गया। बत्ती जल गई ताकि पड़ोसी अपने घर का रास्ता पा लें। पहले मैंने थोड़ा तासितुस से पढ़ा, जिन का असर कुछ कम करने के लिए। वह हमेशा कारगर होता है, फिर आदमी ज़हर भी पी सकता है। चमकते संगमर्मर जैसी उसकी भाषा घातक से घातक भभक को भगा देती है। उसके बाद मैंने जावा के बारे में थोड़ा-सा पढ़ा, क्योंकि स्कूल की नौकरी गँवा देने के बाद मैंने पर्यटकों के लिए पथ-प्रदर्शिकाएँ लिखी हैं, जो कि एक मंदबुद्धि गतिविधि है जिससे मेरी रोज़ी-रोटी चलती है, लेकिन वह इतनी भी मूर्खतापूर्ण नहीं है जितनी कि उन तमाम कथित साहित्यिक यात्रा-वृत्तांत लेखकों की पुस्तकें जिनमें वे मध्यवर्गीय नागरिकों को आश्चर्य से अवाक् कर देने के लिए दुनिया भर के नज़ारों में अपनी अमूल्य आत्मा उँडेल डालते हैं। उसके बाद सांध्य दैनिक 'हांडेल्स्ब्लाड', जिसमें काटकर निकालने और अपने साथ बिस्तर में ले जाने के लिए ठीक एक चीज़ थी, और वह था एक फ़ोटो। बाकी डच राजनीति थी, और उसमें दिलचस्पी लेने के लिए आदमी को दिमाग़ी पिलपिलेपन का मर्ज़ होना ज़रूरी है। फिर एक लेख बजट घाटे के बारे में था—जो मुझे भी चल रहा है—और तीसरी दुनिया में भ्रष्टाचार

को लेकर, लेकिन मैं तासितुस में भ्रष्टाचार के बारे में बहुत बेहतर पढ़ चुका था, कृपया देखें : 'हिस्तोरिए' (चरित्र-वृत्तांत), II खंड, 86वाँ अध्याय, जो अंतोनिउस प्रीमुस को लेकर है जिसे ("Tempore Neronis falsi damnatus") नीरो के शासन-काल में विश्वासघात के झूठे मामले में दोषी ठहराया गया था। आजकल कोई आदमी लिख नहीं पाता, मैं भी नहीं, और न लिखना चाहता हूँ, भले ही हर चौथे डच नागरिक के घर में डॉ. स्त्राबो (मेरा असली नाम मुस्सेर्ट देना प्रकाशक के लिए असंभव था) द्वारा लिखित कोई-न-कोई पर्यटक पथ-प्रदर्शिका रहती हो। "अब जबकि हम साइहोमी मंदिर के मनोरम उपवनों को पीछे छोड़ चुके हैं, हम अपने प्रस्थान-बिंदु को लौटते हैं..." इस शैली में और वह भी अधिकांशतः दूसरों से उड़ाया गया, सभी पाकशास्त्र और पर्यटन की पुस्तकों की तरह। आदमी को ज़िंदा रहना ही पड़ता है, लेकिन अगले साल जैसे ही मैं पेंशन का हक़दार हो जाऊँगा, यह सब बंद कर दूँगा, फिर अपने ओविद के अनुवाद पर आगे काम करूँगा। "और अकिल्लीस का, जो कभी इतना महान था, तुच्छ मुट्ठीभर अवशेष ही बचता है"—यहाँ तक कल शाम को पहुँचा था मैं। यदि सही-सही बताया जाए तो "कायांतरण" खंड XII, और उसके बाद मेरी पलकें भारी होने लगीं। छंद सही नहीं था और मैं खूब जानता था कि मैं कभी भी "et de tam magno restat Achille nescio quid parvum, quod non bene complant urnam" "एक अस्थिकलश भर पाने जितना अल्प" जैसी परिष्कृत सहजता प्राप्त नहीं कर पाऊँगा। लैटिन सरीखी दूसरी भाषा कभी नहीं होगी, सूक्ष्मता, सुंदरता और स्पष्टता कभी इस तरह का सामंजस्य निर्मित नहीं कर पाएँगी। हमारी आज की भाषाएँ कुल मिलाकर कितनी अधिक शब्दबहुल हैं, किसी भी द्विभाषीय संस्करण को देखिए, बाईं ओर लैटिन के नपे-तुले स्वल्प शब्दबंध, तराशी हुई पंक्तियाँ, दाहिनी ओर पूरे पन्ने, रास्ता जाम, शब्दों का गड्ड-मड्ड, घालमेल-भरी बकवास। कोई भी मेरे अनुवाद पर निगाह नहीं डाल पाएगा, यदि मुझे कब्र में दफ़नाया गया तो मैं उसे अपने साथ ले जाऊँगा। मैं उन अनाड़ी अनुवादकों की कतार में शामिल नहीं हूँगा।

मैंने कपड़े बदले और अपने साथ उस फ़ोटो को लेकर, जिसे मैंने अख़बार से काटा था, पलंग पर लेट गया और मूक उस पर सोचने लगा। यह फ़ोटो किसी मानव ने नहीं, बल्कि एक वस्तु ने लिया था, पृथ्वी से छः करोड़ किलोमीटर दूर

से, जहाँ से वह भेजा गया था। इस तरह की बात मुझे बहुत प्रभावित नहीं करती, अभी मेरी मरणधर्मिता जितनी है उससे और कम नहीं हो जाती। लेकिन इस यात्री से मेरा एक विशेष संबंध था क्योंकि मुझे यह महसूस हो रहा था कि खुद मैंने उसके साथ यात्रा की हैं। इसे जो भी चाहे डॉ. स्त्राबो की 'उत्तर अमेरिका यात्रा पथ-प्रदर्शिका' में देख सकता है, हालाँकि उस दिन मैंने जो सस्ता रोमांच अनुभव किया था वह ज़ाहिर है उसमें नहीं मिलेगा, उसे देना हास्यास्पद होता।

मैं वाशिंगटन के स्मिथसोनियन इंस्टीट्यूट गया था क्योंकि मेरे प्रकाशक ने कहा था कि युवा पीढ़ी की उसमें दिलचस्पी है। इस युवा पीढ़ी शब्द से ही मेरा जायका बिगड़ जाता है, लेकिन मैं अदब-कायदा मानता हूँ। तकनीकी का मेरे लिए कोई मतलब नहीं है, वह मानव-शरीर को अदृष्ट परिणामों तक विस्तार देना है, आदमी उसे लेकर शायद तभी उत्साहित हो सकता है जब कि वह स्वयं आंशिक रूप से अलूमीनियम और प्लास्टिक का न हो गया हो और स्वतंत्र संकल्प में सचमुच अपनी आस्था खो चुका हो। फिर भी कुछ यंत्रों का अपना सौंदर्य होता है, हालाँकि मैं इसे सार्वजनिक रूप से स्वीकार नहीं करूँगा, और इसलिए मैं पर्याप्त संतोष से आधुनिक प्रागैतिहासिक युग के उन छोटे-छोटे लटके हुए वायुयानों के, और उन झुलसे हुए अंतरिक्ष-कैप्सूलों के बीच घूमता रहा, जो हमारे प्रजाति-परिवर्तन युग को इतने क़ायल कर देने वाले ढंग से प्रदर्शित करते हैं। ज़ाहिर है कि अंतरिक्ष हमारी नियति है, यह मैं भी जानता हूँ, आख़िर मैं उसी में रहता हूँ। फिर भी महान यात्राओं का रोमांच अब मैं और अनुभव नहीं कर पाऊँगा, मैं वह हूँ जो विलाप-स्थल के पास छूट जाता है, एक अतीत का आदमी, उस युग का, जब आर्मस्ट्राँग ने अपना बड़ा, पनारीदार पदचिह्न चाँद के चमड़े पर नहीं छोड़ा था।

उस निशान को मुझे उसी दोपहर देखना भी पड़ा, जब बिना खास सोचे-विचारे मैं एक तरह के सिनेमाघर में घुस गया जहाँ अंतरिक्ष-यात्रा के बारे में फ़िल्में दिखाई जाती हैं। मैं उन अमेरिकी कुर्सियों में से एक में उतर गया जो आदमी को एक कोख की तरह लिपटा लेती हैं और अपनी अंतरिक्ष-यात्रा पर निकल पड़ा और लगभग तुरंत मेरी आँखों में आँसू उमड़ आए। बाद में डॉ. स्त्राबो की पथ-प्रदर्शिका में उसके बारे में कोई शब्द नहीं मिलता। मार्मिकता को कला से उपजना चाहिए, और यहाँ मैं यथार्थ से धोखा खा रहा था, किसी तकनीकी ठग ने दृष्टिभ्रम की

मदद से ऐसा आभास निर्मित किया था जैसे चंद्रमा की धूल हमारे पैरों के पास बिखरी हो, जैसे हम खुद चाँद पर खड़े हों और उस पर चल-फिर सकते हों। दूर पर चमक (!) रही थी पृथ्वी, इस पतली, रुपहली, तिरती हुई चकती पर कोई होमर या ओविद कभी भी देवताओं और मानवों की नियति के बारे में नहीं लिख सकता होगा। मैंने अपने पैरों के पास की उस मुर्दा धूल को सूँघा, मैंने चंद्रमा के चूर्ण के वलयों को घूमते ऊपर उठते और फिर बैठते देखा, मेरा अस्तित्त्व मुझसे हर लिया गया था, उसके एवज़ में मुझे कुछ और नहीं मिला। मैं नहीं जानता कि मेरे आसपास बैठे मानव-प्राणी भी ऐसा अनुभव कर रहे थे या नहीं। मौत का-सा सन्नाटा था, हम चाँद पर थे और उस पर कभी नहीं पहुँच सकते थे, अभी हम बाहर तीखी धूप में एक गुल्डेन सिक्के के बराबर की चकती पर कदम रखेंगे, एक तिरती हुई चीज़ पर जो अंतरिक्ष के स्याह पर्दे में लटकी हुई है और शून्य में स्थित है। लेकिन स्थिति और बिगड़ गई। संसार में रची गई सबसे सुंदर कृतियाँ मेरे अधिकार में हैं—कम-से-कम मैं ऐसा सोचता हूँ—लेकिन मैंने कभी उनकी किसी पंक्ति या रूपक पर एक आँसू भी नहीं बहाया, इसी तरह मैं उन चीज़ों पर ज़रा भी नहीं रो सका हूँ जो लोगों को रुला देने वाली बताई जाती हैं। मेरे आँसू सिर्फ़ सस्ती कला से ढरकते हैं, जब 'वह' टेक्नीकलर में अपनी 'उस' को देखता है, उस सबसे, जो सस्ती गँवारू कल्पना को लुभाता है, और उसकी संगत करते हुए संगीत से, जो एक दूषित शहद की तरह, अपने ही विरुद्ध खड़ी की गई संगीत की अवधारणा जैसा होता है जिससे आत्मा छुटकारा नहीं पाती। इस वक्त वैसा ही संगीत पृष्ठभूमि में बज रहा था और मैं ज़ाहिर है आँसुओं में डूब रहा था। ऐसा कहा जाता है कि चर्चिल हर चीज़ पर रो देता था, लेकिन शायद उस वक्त नहीं रोया होगा जब ड्रेस्डन पर बमबारी का आदेश दे रहा होगा। वह डोल रहा था 'वॉयेजर', एक अजीबोग़रीब, मानवनिर्मित यंत्र, शून्य अंतरिक्ष में उन जीवनहीन नक्षत्रों के पास से उड़ता हुआ एक दमकता मकड़ा, जिन पर कभी दुख का अस्तित्त्व नहीं रहा, सिवाय उन चट्टानों के दुःख के जो बर्फ़ के एक असह्य बोझ के नीचे कराहती होंगी, और मैं रोने लगा। वह यात्री सदा के लिए दूर लहराता चला गया, थोड़ी-थोड़ी देर में 'पीप' 'पीप' की आवाज़ निकालता हुआ, उन सारे ठंडे या धधकते किंतु सर्वथा निर्जीव पिंडों के फ़ोटो लेता हुआ, जो उस पिंड सहित, जिस पर हमें रहना ही है, किसी-न-किसी धधकते हुए गैस

के बुलबुले की प्रदक्षिणा करते हैं, और वे लाउडस्पीकर, जो हमारे आसपास अदृश्य खड़े थे, हमें उस संगीत से ढँकने लगे जो उस मौन को प्रदूषित करना चाहता था जिसमें यह अकेला धातुई यात्री बढ़ा जा रहा था, और उसी समय, पहले उस संगीत से आधी दबी हुई और फिर किसी एकल वाद्य की तरह, एक अशरीरी आवाज़ हमें संबोधित करने लगी। नब्बे हज़ार वर्षों में, उस आवाज़ ने कहा, यह यात्री हमारी आकाशगंगा की सीमा तक पहुँच चुका होगा। आवाज़ थमी, संगीत एक विषैली समुद्री लहर की तरह उभरा और फ़िर मौन हो गया ताकि वह आवाज़ अपना मृत्यु-जैसा जुमला दाग़ सके :

"एंड देन, मे बी, वी विल नो द आंसर टु दोज़ ईटर्नल क्वश्चंस"—"और तब, शायद हम उन अनंत प्रश्नों का उत्तर पा सकेंगे।"

हाल में बैठे सभी लघुमानव सिकुड़ गए।

"इज़ देअर एनीवन आउट देअर?" "क्या वहाँ अनंत में कोई है?"

मेरे आसपास अब ब्रह्मांड की उन सूनी गलियों जैसी एक चुप्पी थी जिनके बीच से वह यात्री, किसी-न-किसी ब्रह्मांडीय आभा में दमकता हुआ, अभी अपने नब्बे हज़ार वर्षों में से केवल पाँचवे में, खामोश चला जा रहा था। नब्बे हज़ार! तब तक हमारी भस्म की भस्म की भस्म भी हमारे उद्‌गम-स्थान को कभी का नकार चुकी होगी। मानों हम कभी हुए ही नहीं थे! संगीत फिर उभरा, मेरी आँखों से मवाद टपकने लगा। यह थे शायद कायांतरण! आवाज़ आखिरी बार दग़ी :

"आर वी ऑल अलोन?" "क्या हम निपट अकेले हैं?"

अचानक मैं समझ गया। यह आवाज़ किसी गले की नहीं थी। यह वह आवाज़ थी जो अभी से ही हमारी अनुपस्थिति की थी, जिस तरह कि यह संगीत उस सबका नकार था जो पाइथागोरस के समन्वय-सिद्धांत में प्रतिपादित किया गया था। दूसरों के साथ मैं भी हॉल के बाहर आया, एक साथ विहँसित और दुखी। टॉयलेट के आईने में मैंने अपनी हास्यास्पद लाल आँखों का मुआयना किया और समझ गया कि मैं अपनी मरणधर्मिता पर नहीं बल्कि उस झूठ और उस धोखे पर रोया था। यदि मैं घर वापस गया होता तो मैंने गेसुआल्दो (जो एक हत्यारा था जिसने संसार का शुद्धतम संगीत रचा था) की एक लोक-संगीत रचना का रिकार्ड लगाकर व्यवस्था को पुनर्स्थापित किया होता, लेकिन यहाँ मुझे बर्बन के एक बड़े पैग से ही काम चलाना पड़ा। दूर, प्रशांत और औपनिवेशिक, खड़ा

हुआ था व्हाइट हाउस, जिसमें बेशक ठीक उसी वक्त कुछ-न-कुछ भयावह रचा जा रहा होगा।

और अब, यह अकथनीय शब्द अब जो हमेशा हमारे पैरों के नीचे से खिसका देता है, मैं लिस्बन में एक कमरे में आँखें बंद किए लेटा हुआ था और उस दूसरे अब के बारे में सोच रहा था जो पिछली शाम का था (अगर पिछली शाम हुई थी तो) जब मैं बिस्तर में लेटा हुआ उस फ़ोटो को खुली हुई आँखों से देख रहा था। जिस तरह से वह मशीनी यात्री आगे बढ़ गया था, उसी तरह मैं भी, अपनी मतिमंद सैलानी गाइडें लिख चुका था मैं, और वह अपने कई फ़ोटो ले चुका था, जिनमें से अब छः मेरे हाथ में थे, एक साथ छपे हुए : शुक्र, पृथ्वी, बृहस्पति, शनि, मंगल, वरुण, ओविद के ज़रिए मेरे पुराने सुपरिचित, अब उन लाशों को ढँकनेवाली चादरों-जैसी पर दिखनेवाले उजाले के धुँधले धब्बे, जो बेशक अंतरिक्ष को निरूपित करती थीं। 'वॉयेजर अब सौर-मंडल को छोड़ रहा है' चित्र का परिचय था। शाबाश! जाओ विस्तृत ब्रह्मांड में! हमें अकेला छोड़कर! और भेजना फ़ौरन वहाँ से वह फ़ोटो, जो ब्रह्मांड के पिछले छोर के दूसरे करोड़ों तारों में से किसी का भी हो, जो हमारी लज्जित नगण्यता को हमारी आँखों के सामने ले आए, जबकि इस फोटो खींचनेवाले को खुद हमने बनाया ही नहीं था, बल्कि उसे छोड़ा भी था, ताकि कम-से-कम नब्बे हज़ार वर्षों में यह तो जान सकें कि हम आख़िर हैं कहाँ।

मैंने ग़ौर किया कि मुझे नींद आने लगी थी, और उसी वक्त ऐसा लगा कि मुझे एक विराट लहर बहाए ले रही थी, ऊपर उठा रही थी, मुझे घेर रही थी, एक ऐसी ताकत से मुझे लिए जा रही थी जिसके अस्तित्त्व का मुझे पता न था। मुझे मौत का ख़याल आया, इस बात पर नहीं, बल्कि फिर उस फ़ोटो के कारण। हर विचार मुझे फ़ौरन दूसरे की ओर ले जाता है और अखबार के उस काग़ज़ के इन दरिद्र तारों के ज़रिए, जो मेरे हाथ में था, मैंने मिथ्या अहंकार की व्यर्थता प्रदर्शित करने वाले उन दारुण चित्रों में से एक को देखा जिन्हें हमारे पुरखे अपनी मृत्यु का स्मरण रखने के लिए इस्तेमाल करते थे : कोई-न-कोई संन्यासी (यदि उसके नंगे पैरों के पास उदास गोखरुओं के बीच किसी कैथलिक पुजारी का टोप पड़ा होता तो वह हमेशा संत जेरोम होते थे) एक मेज़ पर झुका

हुआ जो कभी एक नरमुंड को घूर रहा होता जो हैम्लेट के योरिक जैसे किसी मज़ेदार आदमी का न होता था, और कभी सलीब पर यंत्रणाग्रस्त उस आकृति को। साथ में अपशकुन से भरे बादल, बंजर परिदृश्य, एकाध शेर। शायद वे दुनिया को इसलिए अस्वीकार करते थे क्योंकि वह तब भी उनके पास थी, हमारे पास तो सिर्फ़ अख़बार में छपा यह फ़ोटो है, छः करोड़ किलोमीटर की दूरी से लिया गया। ज़ाहिर है कि यह एक चमत्कार था कि जो अख़बार मैं हाथ में लिए हुए था वह भी उसी समय उस मलिन तारे पर मौजूद था, लेकिन मैं नहीं जानता कि उस शाम यह सब मेरे दिमाग़ में आया था या नहीं। अक्सर मैं अपने विचारों को नींद आ जाने के उस विचित्र और अपमानित करने वाले क्षण तक पूरे के पूरे याद रख पाता हूँ, जब मस्तिष्क को शरीर के सामने समर्पण करना होता है जो रात होने पर सेवकों की आज्ञाकारिता के साथ केवल अनुपस्थिति के दिखावे की इच्छा करता हुआ स्वयं को लेटा लेता है।

कल की बात अलग थी। मैंने ग़ौर किया कि जो विचार मुझ पर छाया हुआ था, वह जो भी रहा हो, व्यग्रता से उस मंद लहर के साथ तालमेल बैठालना चाहता था जो मुझे ले जाए जा रही लगती थी। सारी कायनात मुझे चेतनाशून्य करना चाह रही थी और ऐसा मालूम होता था कि मैं उस संज्ञाहीनता के साथ गाता चलना चाह रहा था, उसका एक अंश बनना चाहता था, जैसे कोई मछली जो एक धारा के द्वारा बहाए ले जाई जाती है और साथ में उसका अंश बन जाती है। लेकिन जो भी मैं करना चाहता था—उड़ना, तैरना, गाना, सोचना—मुझसे करते नहीं बन रहा था। दुनिया के सबसे ताकतवर हाथों ने मुझे अम्स्टर्डाम में उठा लिया था और फिर लगता है मुझे लिस्बन के कमरे में लेटा दिया था, उन्होंने मुझे कोई तकलीफ़ नहीं दी थी। मुझे कोई दर्द नहीं हो रहा था। और न मुझे, किस तरह कहूँ इसे, कोई पछतावा लग रहा था। और मुझे कोई कुतूहल भी नहीं हो रहा था, लेकिन वह ओविड की पुस्तक 'कायांतरण' के साथ मेरे दैनिक संसर्ग के कारण रहा होगा। देखिए खंड 15, पद्य 60-64। और मेरी बाइबिल भी है जो वाकई मदद करती है। इसके अलावा मेरा शरीर भी, हालाँकि मैंने अभी अपने को आईने में नहीं देखा था, पहले जैसा ही महसूस कर रहा था। तो मैं किसी और में बदला नहीं था, मैं सिर्फ़ एक ऐसे कमरे में था, जिसमें तर्क के नियमों के अनुसार, जितना मैं उन्हें जानता हूँ, मुझे अपने को नहीं पाना चाहिए था।

और उस कमरे को मैं जानता था क्योंकि यहाँ मैं बीस बरस पहले किसी और की पत्नी के साथ सोया था।

उस बात की खटास ने मुझे वापस संसार में ला दिया। और तो और मैंने अपने घुटने मोड़ लिए और अपने पास फ़ालतू पड़े हुए तकियों को अपने सिर के नीचे ठूँस लिया जिससे मैं आधा बैठ-सा गया। किसी पिछले अनुभव के दुबारा पूरे अहसास से बढ़िया और कोई चीज़ नहीं होती, और वे सब अब भी वहीं थे, उस ज़रूरत से ज़्यादा सराहे गए सत्रहवीं सदी के कवि काम्येनोस की फीकी तस्वीर, और लिस्बन के उस ज़बर्दस्त भूकंप के उत्कीर्णन, जिनमें गिरती हुई इमारतों से बचने के लिए सभी दिशाओं में बिखरते हुए सूक्ष्म बेचेहरा प्राणी दिखाए गए थे। मैंने उनके बारे में उससे कुछ मज़ाहिया टिप्पणियाँ भी की थीं लेकिन उसे ऐसे मज़ाक पसंद नहीं थे। वह उसके लिए इस कमरे में नहीं आई थी। वह इस कमरे में थी बदला लेने के लिए और उसके वास्ते उसे मेरी एक बार ज़रूरत थी। प्रेम बूर्ज्वाज़ी का दिलबहलाव है, मैंने एक बार कहा था, लेकिन बेशक मेरा मतलब मध्यवर्ग से था। और अब मैं प्रेम में पड़ गया था, और उसी अशक्त, चिपचिपी बिरादरी का सदस्य हो गया था जिसके दूसरे इकहरे दिमाग़ वाले यंत्रवत् सदस्यों से घृणा करने का मैं हमेशा दावा करता था। मैंने खुद को यकीन दिलाने की कोशिश की कि यह मामला उद्दाम भावावेश का था लेकिन यदि यह उसके बारे में भी सच था तो यह आवेश मेरी ओर नहीं, बल्कि उसके ज़र्द, रक्तहीन चेहरे वाले पति की ओर मुख़ातिब था, जो बछड़े के गोश्त से बने एक राक्षस जैसा था, गंजा, स्थायी मुस्कान वाला चेहरा, जैसे हमेशा बिस्कुटें बाँट रहा हो। डच भाषा का शिक्षक—यानी अगर कोई उस वर्ग का कार्टून बनाना चाहे तो उसे अपने नमूने के तौर पर ले सकता था। बच्चों को वह भाषा पढ़ाना जो वे अपने जनम से पहले ही गर्भाशय के गूँजते प्रकोष्ठ में सुनते आते हैं, और उस भाषा के प्राकृतिक विकास को क्रमसूचक अंकों, द्वि-बहुवचनों, विभक्त क्रियार्थक संज्ञाओं, विधेयकारी प्रयोगों और संबंधसूचक योजकों की उबाऊ बकवास से रोकना अपने आप में काफ़ी बुरा है लेकिन एक खराब पकाए हुए कतले की तरह दिखना और कविता पर उपदेश देना, यह तो ज़्यादती है। और वह कविता पर बोलता ही नहीं था, वह उसे लिखता भी था। हर कुछ वर्षों में वह अपनी आत्मा के ठंडे पड़ते प्रदेशों से अल्परक्त संदेशों का एक और संकलन पैदा कर देता था, वे

दंतविहीन पंक्तियाँ, शब्दों की कतारें जो पन्ने पर लक्ष्यहीन तिरती थीं, यदि उनमें से कभी कोई होरातिउस की किसी एक पंक्ति के पास भी फटकती तो उसका नामोनिशान न बचता।

मैं सीधा बैठ गया और मैंने खुद को देखने की एक बलवती इच्छा महसूस की, इसलिए नहीं कि मैं क्या देखूँगा, क्योंकि मैं अपना प्रतिबिंब पसंद नहीं करता था, और इसकी अच्छी वजह थी। नहीं, मेरे लिए यह मुकाबले की बात थी। मुझे जानना ही था कि अतीत के उस कमरे में यहाँ मेरा कौन-सा प्रतिरूप था, वर्तमान या पिछला। मुझे मालूम नहीं था कि दोनों में से बदतर कौन-सा है। मैंने बिस्तर से एक पैर निकाला, एक बूढ़े आदमी जैसा ज़र्द पैर। लेकिन मेरे पैर हमेशा वैसे ही दिखते थे, इसलिए और कोई चारा न था। सिर्फ़ एक ही हल था, ग़ुस्लख़ाने का आईना, और मैं बिना उस हिचकिचाहट के उसमें देखने के लिए बिस्तर से उठा जिसकी उम्मीद इतने बरसों के बाद की जानी चाहिए। तो यह खड़ा था मैं। मुझे नहीं मालूम कि मुझे यह देखकर राहत मिली कि यह ज़रूरी नहीं था कि मैं अपना पुराना प्रतिरूप ही होऊँ, कि वह आदमी जो सामने खड़ा था वह उस आदमी से सामान्य से अधिक मिलता-जुलता था जिसके चेहरे-मोहरे से मैं पिछली रात अपने अम्स्टर्डाम के आईने में आँख नहीं चुरा पाया था। ''सुकरात'', यह था मेरा उपनाम या चिढ़ाने का नाम उस कस्बाई स्कूल में जहाँ मैंने पढ़ाया था, और वह मौज़ूँ था, क्योंकि मैं उसी की तरह दिखता था। बिना दाढ़ी का और चश्मेवाला सुकरात, वही चेहरा गूमड़ों से बना हुआ, जो किसी में भी कभी दर्शनशास्त्र की प्रेरणा न उकसाता जब तक कि उसे यह न मालूम रहा होता कि फूले हुए नथुनों वाली उस चपटी नाक के नीचे उन लटके हुए होंठों से किस तरह के शब्द प्रवाहित होते थे, और उस सड़क-छाप पहलवानों जैसे माथे के पीछे किस तरह के विचार आकार लेते थे। बगैर चश्मे के, जैसा कि मैं उस क्षण था, तो और भी बुरा हाल था।

''अब तुम सचमुच सुकरात की तरह दिखते हो,'' यह उसने तब कहा था जब उसने पहली बार मुझसे चश्मा उतारने को कहा था। जब भी मैं ऐसा करता हूँ मैं उस कछुए जैसा महसूस करता हूँ जिसका कवच न हो। कहने का मतलब यह कि नारी शरीर के अंतरंग सामीप्य में मैं सर्वाधिक बचावहीन प्राणी होता हूँ, जो यह बताता है कि मैंने अपने को ज्यादातर उन गतिविधियों से दूर रखा है जिनके

बारे में हर व्यक्ति हमेशा डींग मारता रहता है और जो मुझे पशु-लोक से ज़्यादा संबंधित लगती हैं बजाय मानवों के, जो अस्तित्त्व के कम स्पृश्य पहलुओं से सरोकार रखते हैं, जिससे यह याद आता है कि छूने-छुलाने के कारण ही ऐसी स्थितियों में मैं रुसवा हुआ। मेरा छूना एक अंधे आदमी के पंजे और नाखून मारने जैसा ज़्यादा था, क्योंकि हालाँकि मुझे इसका पूरा ज्ञान था कि मेरे हाथों को कमोबेश कहाँ जाना चाहिए, लेकिन जब भी मैं अपने दोनों गोल ग़ुलामों, अपने चश्मे, को हटाता मेरी आँखें एकदम सीधे-सीधे अपना सहयोग देना बंद कर देतीं। मैं जो कुछ देख पाता, यदि उसे देखना कहा जा सकता है तो, वह कमोबेश एक गुलाबी पिंड होता जिसमें इधर-उधर, ऐसा लगता, एकाध अजीब उभार होते (!) या एक काला धब्बा होता। जिससे मुझे सबसे ज़्यादा चिढ़ होती वह यह था कि मेरे बेकुसूर हाथों पर, जो उन शुक्र है कि बिरले मौकों पर सिर्फ़ मदद करने की कोशिश रहे होते, फ़ौरन खुरदुरे, जंगली और अनाड़ी होने का इल्ज़ाम लगाया जाता, जैसे वे बच्चों को खराब करने वालों के कैदख़ाने के भगोड़े हों। किंतु मैं उन विचित्र ब्यौरों में अभी नहीं जाना चाहूँगा जो दो मानव-प्राणियों के बीच प्रेम में आते ही हैं। हम इतना ही कहें कि वह अपना भरसक प्रयास कर रही थी। यह एक और चीज़ है जो मैं जान सका हूँ, जब औरतों को कुछ चाहिए ही होता है तब उनमें ऐसी ताकतों को क्रियान्वित करने की कूवत आ जाती है जिसकी बराबरी मर्द अपनी तमाम कथित संकल्प-शक्ति के बावजूद कर नहीं पाते।

मैंने अपने को देखा। उस वक्त की पीली रोशनी की जगह निऑन की बत्ती ने ले ली थी जो सबसे खूबसूरत नाक-नक्शे को भी एक मुर्दे जैसी ज़र्दी दे देती है। हालाँकि जो मैं अपने सामने देख रहा था वह वैसा नहीं था। अब (यह शब्द फिर हमारे सामने है) यह और भी ज़्यादा था कि मैं पहली बार सचमुच सुकरात में बदल गया था। दाढ़ी, चश्मा, यह या वह का अब कोई महत्त्व नहीं रहा था। वह, जो वहाँ खड़ा था, वह, जिसे मैंने कभी नहीं चाहा, वह मुझमें प्रेम जगा रहा था। लेकिन क्यों? इस चेहरे के बर्बर ने ज़िंदगी-भर मेरा पीछा नहीं छोड़ा था, पर अब उसमें एक दूसरा तत्त्व आ गया था, कुछ ऐसा जिसे मैं पहचान नहीं पा रहा था। मुझे क्या हो गया था? मुझ पर कुछ गुज़रा था, और मैं जानता नहीं था कि क्या, कुछ ऐसा जिसके मुकाबले में मेरी यहाँ अप्रत्याशित उपस्थिति सिर्फ़ एक मामूली ब्यौरा थी।

मैंने अपनी जीभ निकाली, जो कि मैं अक्सर किया करता हूँ। अपनी समूची सुअर-जैसी सादगी में वह अब भी मेरे चेहरे के सबसे आकर्षक अंगों में से है और जब मैं उसे बाहर निकालता हूँ, तो वह अधिकतर मुझे एकाग्र होने में बहुत मदद करती है। कोई चाहे तो इसे ध्यान के एक प्रकार के रूप में ले सकता है, जिससे कि मैं फिर एक पिछले विचार पर पहुँचता हूँ। और अचानक मैं जान गया कि मैं कल शाम क्या सोच रहा था, यदि वह पिछली शाम ही थी तो। जो लहर नींद या अधनींद में मुझ पर हावी हो गई थी वह डर थी, शारीरिक डर, कि मैं इस धरती से टपक पड़ूँगा जो अंतरिक्ष में इस तरह अलग-थलग अधर और असुरक्षित लटकी हुई थी। मैंने फिर वही डर जगाने की कोशिश की लेकिन कोई नतीजा नहीं निकला, न्यूटन के सारे सिद्धांतों से लैस मैं वहाँ खड़ा हुआ था, लिस्बन में एसेक्स हाउस के कमरे नं. 6 में गुस्लख़ाने के फर्श के लाल कबेलुओं से चिपका हुआ, और मैंने मारिआ जेइंस्त्रा के बारे में सोचा जो उसी स्कूल में बायोलॉजी पढ़ाती थी जिसमें उसका पति आरेंड हेर्फ़स्ट भी पढ़ाता था। और ज़ाहिर है मैं भी। जब वह मानव-स्मृति की कार्य-प्रणाली और पशुओं की मृत्यु के तरीके समझा रही होती तो उससे, सिर्फ़ दस सेंटीमीटर मोटी दीवार से विलग, मैं देवताओं, नायकों या अद्यतन भूतकाल क्रियाओं की कठिनाइयों के बारे में बता रहा होता, जबकि उसके पति की क्लास से नौजवानी के चीकट ठहाके उठते, हमेशा की तरह वह कोई चलताऊ बात कर रहा होता, जिसके कारण वह पागलपन की हद तक लोकप्रिय था। एक जीवित कवि और वह भी ऐसा जो स्कूल की बास्केटबॉल टीम का प्रशिक्षक था, यह सुकरात जैसे दिखने वाले उस बौने से आख़िर कुछ अलग ही था जिसके पास देने के लिए दो हज़ार वर्ष पुरानी नस्ल की उन लाशों के ढेर के अलावा कुछ न था जिन्होंने अपनी भाषा के ख़ज़ाने को एक बंद वाक्य-विन्यास के आवरणों के नीचे इतने सफलतापूर्वक दफ़ना दिया था कि वह प्रिंस, गुलिट और मैडोना जैसे जीवंत कालजयी व्यक्तित्त्वों के प्रशंसकों के लिए दुष्प्राप्य था। लेकिन कभी-कभार, लंबे अरसे के बाद, दैवीय कृपा के किसी वर्ष में, एक ऐसा शिष्य आता है जो तुम्हें महसूस होती अनिच्छा और घृणा की तेज़ बदबू को भुला देता है, ऐसा जो प्राचीन लैटिन षट्पदी छंदों की मधुर तरंग पर तुम्हारे साथ तिरता है, ऐसा जिसके पास संगीत के लिए कान होता है, जो कारक के रूपों की कठिनाइयों के ऊपर प्रयासहीन उठ जाता है, जो विचार-शृंखला का

ध्यान से अनुगमन करता है, संबंधों, संरचना, सौंदर्य को देख पाता है। फिर वही शब्द, किंतु उससे बच पाना मुश्किल है। मैं कुरूप था और सौंदर्य मेरी लालसा था—लक्षित, तत्काल स्पृश्य किस्म का नहीं, बल्कि दूसरा, कहीं अधिक रहस्यमय रूपवाला, जो एक मृत भाषा की क़िलेबंदी के पीछे छिपा होता था। मृत! यदि वे भाषाएँ मृत थीं तो मैं ईसा था जो लाज़रस को उसकी मौत से जगा सकता था। और दैवीय कृपा के उस एक वर्ष में कोई थी जो सचमुच में समझती थी। नहीं, और भी खराब बात यह थी कि उसमें भी वही शक्ति थी। उसे मुझ जैसा ज्ञान नहीं था किंतु उसका कोई महत्त्व न था। लैटिन की जिस पंक्ति पर लिज़ा दुइंडिया झुक जाती वह खिलने लगती, साँस लेने लगती, प्रवाहित होने लगती। वह एक चमत्कार थी, और हालाँकि मैं अब भी नहीं जानता कि मैं यहाँ क्यों हूँ, मुझे पता है कि इससे उसका कुछ-न-कुछ संबंध है।

अब मैं एक कदम पीछे जा रहा हूँ लेकिन वह विचित्रता बची हुई है, जैसे मुझमें कुछ दमक रहा हो। यदि कल शाम को डर था तो अब वह मार्मिकता थी। एसैक्स हाउस—एक पुर्तगाली होटल के लिए मूर्खतापूर्ण नाम। रुआ दास खानेलास वेर्देस सड़क पर, तेख़ो से बहुत पास। ''अपने अंतर में मैं नष्ट हो रहा हूँ, मैं अब अपनी मृत्यु का कारण जानता हूँ, तेख़ो की धारा के किनारों पर, जहाँ जीवन भारहीन है और मंद्र...'' स्लाउरहोफ़। मुझे याद है मैंने एक दिन उस पंक्ति में संबंधसूचक अव्यय 'पर' की भयावह भूमिका के बारे में बताया था। सिर्फ़ डच भाषा में आप वैंरार रो और तेख़ो नदी के किनारे पर मर सकते हैं, मैंने कहा था, लेकिन कोई नहीं हँसा, एक उसके सिवा। मुझे इस गुसलखाने से निकल जाना चाहिए, मेरी अपनी मौजूदगी मेरे लिए बहुत ज़्यादा हो रही है। मैं खुद से पूछता हूँ कि क्या मुझे भूख लगी है और सोचता हूँ कि नहीं। मैं नाश्ते के लिए रूम सर्विस को फ़ोन लगाता हूँ। ''पेक्वेनो अल्मोचो,'' मैं भूल गया था कि मैं पुर्तगाली बोल सकता हूँ। दूसरे छोर की आवाज़ शांत, दोस्ताना, जवान है। एक औरत। आश्चर्य का कोई चिह्न नहीं, उस युवती की तरफ़ से भी नहीं जो मेरा नाश्ता लेकर आती है। या मुझे खुशफ़हमी हो रही थी कि उसके व्यवहार में आदर का एक नया स्पर्श है, एक ऐसा आदर (कितना हास्यास्पद शब्द है यह) जिसकी उम्मीद आजकल

के नौकरों से न करना मैं सीख चुका हूँ। मैं पालथी मारकर फ़र्श पर बैठ जाता हूँ और नाश्ते की चीज़ें अपने आसपास फैला लेता हूँ। ठीक है, मैं जानता हूँ, मुझे अब यह याददाश्त का काम शुरू करना है। यह कमरा यही चाहता है। मुझे ठीक वही अहसास हो रहा है जो उस समय हुआ करता था जब मैं हेरोदोतुस के अनुवादों की उन कापियों को देखता था जिन्हें मुझे सुधारना होता था। वह निष्कपट कल्पनाशील लंबे समय से मेरी कमज़ोरी था, क्योंकि तथ्यपरकता की उबाऊ तानाशाही की अपेक्षा आविष्कृत इतिहास कहीं अधिक आकर्षक होता है। लेकिन इस बात का गवाह होने की आशंका कि विद्यार्थियों ने उस पुराने क़िस्सेबाज़ के परिष्कृत से कुछ कम गद्य को कैसे हलाल किया होगा, किसी को भी हतोत्साह करने के लिए काफ़ी थी। सिवा उस वक्त के जब उस ढेर में उसका भी अनुवाद होता था, सिर्फ़ इसीलिए कि वह कभी-कभी उसमें ऐसे ब्यौरे जोड़ देती थी जो मूल में नहीं होते थे, कोई प्राचीन ईरानी प्रथा, कोई लीडियाई राजकुमारी, एकाध मिस्री देवता।

हेडमास्टर, पुरुष और महिला शिक्षकों, यहाँ तक कि प्रयोगशाला सहायक समेत सारे स्कूल में सिर्फ़ मैं अकेला था जो लिज़ा दूइंडिया को नहीं चाहता था। वह सिर्फ़ मेरे विषय में ही होशियार नहीं थी, वह सारे विषयों में होशियार थी। गणित में वह सुस्पष्टता थी, भौतिक शास्त्र में आविष्कार की भावना, और भाषाओं में वह भाषा की आत्मा तक पहुँच जाती थी। उसकी पहली कहानियाँ स्कूल की पत्रिका में छपी थीं ओर वे बच्चों की कहानियों के बीच एक औरत की कहानियाँ थीं। बास्केटबॉल प्रतियोगिता में जिस पॉइंट से हमारी टीम जीती थी वह उसने बनाया था। इस सबके ऊपर शारीरिक सौंदर्य निस्संदेह अनावश्यक था लेकिन उससे इन्कार नहीं किया जा सकता था, क्लास के कमरे की साठ आँखों में से उसकी आँखों से बचना असंभव था। उसके काले बालों में कुछ सफ़ेद भी थे, जैसे वह पहले ही बहुत जी चुकी थी, इसकी निशानी कि वह यौवन के प्रदेश में किसी और युग से थी, जैसे उसकी काया जानती हो कि उसे युवा ही मरना है। मैं उसे मन-ही-मन मिथकीय-दंपति केतो और फोर्किस की बेटियों के नाम पर ग्राएआ कहता था, जिनके जन्म से ही सफ़ेद बाल थे और जो भयावह बुढ़ापे

से ग्रस्त थीं। एक बार मैंने उससे यह कहा और उसने मुझे ऐसी निगाह से देखा जिससे वे लोग देखते हैं जिनके विचार कहीं और हों, या तुमने जो कुछ कहा वह उनके मनोलोक के किसी गुप्त तहख़ाने तक पहुँच गया हो, एक ऐसी चीज़ तक जिसे वे पहले से जानते थे लेकिन किसी से बाँटना नहीं चाहते थे।

वह पहली पीढ़ी के उन इतावली मेहमान-कामगारों की बेटी थी जो तुर्कियों, इस्पानियों और पुर्तगाली हमपेशाओं के पहले जत्थों के साथ हालैंड को उसकी सदियों-पुरानी देसी संकीर्णता से आज़ाद करने का बीड़ा उठाए आए थे। यदि कातानिआ से आए उसके इस्पात-मज़दूर पिता को आरेन्ड हेफ़र्स्ट के साथ उसके संबंधों का पता चल जाता तो उसने सीधे-सीधे हेफ़र्स्ट का ख़ून कर दिया होता, या कम-से-कम उसने हेडमास्टर के सामने जाकर खूब हंगाभा किया होता, जो ख़ुद बुरे वक्त से गुज़र रहा था क्योंकि उसे लिज़ा को उस घृणित हेफ़र्स्ट को समर्पित करना पड़ा था। वे सारी चीज़ें पहले उजागर क्यों नहीं हुईं यह मैं नहीं जानता, ऐसा लगता था कि हर एक ने, शिक्षकों और विद्यार्थियों ने, लिज़ा के इर्द-गिर्द चुप्पी का एक पर्दा बुन दिया था, शायद इसलिए कि हम सब जानते थे कि चुप्पी अपनी तरकीब कर गुज़रेगी, कि वह लिज़ा को ग़ायब कर देगी। हम याने मैं भी। लेकिन मैं उससे प्यार नहीं करता था, मैं उसके प्रेम में पड़ नहीं सकता था, मेरी प्रणाली में मेरा नियत आज्ञाभाव गहरे लंगर डाले हुए है, उसमें प्रेम के लिए मनाही है, इसलिए मैं उसके काबिल नहीं हूँ। जिन कुछ वर्षों में वह मेरी क्लास में बैठी मैंने सुख का वह रूप महसूस किया जिसका संबंध प्रेम से रहता है लेकिन उस चालू मुहब्बत से नहीं जो हर दिन टेलीविज़न के पर्दों से प्रसारित होती रहती है, और न उस शर्मनाक, घिसे-पिटे, नियंत्रण से बाहर मर्ज़ से, जिसे प्रेम में पड़ना कहा जाता है। उसके साथ आने वाले दलिद्दरों को मैं काफ़ी ज़रूरत से ज़्यादा जानता था। अब पहली बार मैं अपनी ज़िंदगी में मामूली लोगों की कतार में आ गया, मर्त्यों की, बाकी सबकी, क्योंकि मैं मारिआ ज़ेइंस्त्रा से प्रेम करने लगा था। सिर्फ़ एक पहली बार, और नियति ने सभी सम्बद्ध व्यक्तियों पर वार कर दिया।

मुझे ख़ुशी है कि बाकी सब जा चुके हैं और मुझे सिर्फ़ तुम्हें बताने की ज़रूरत है, भले ही तुम ख़ुद मेरी कहानी में से एक हो। लेकिन तुम खुद यह जानती हो, और मैंने तुम्हें वैसा ही छोड़ दिया है जैसी कि तुम हो। अन्यपुरुष

एकवचन, जब तक कि यह मेरी बर्दाश्त के बाहर न हो जाए। 'बानालितास बानालितातिस', तुच्छों में तुच्छ। लैटिन के इस सूत्र को मैंने उन दिनों की घटनाओं के हल्के से हल्के स्मरण के प्रेत का शमन करने के लिए बीस बरस तक इस्तेमाल किया। जहाँ तक मेरा संबंध था मैंने मृत्यु के देश की सीमा से लगी नदी लेथे का जल पी लिया था : मेरे लिए अब कोई अतीत नहीं था, सिर्फ़ होटलें थीं, दो, तीन या पाँच सितारों वाली और वह बकवास जो मैं उनके बारे में लिखा करता था। तथाकथित यथार्थ जीवन ने सिर्फ़ एक बार मुझसे दख़लंदाज़ी की थी, और वह उससे बहुत अलग था जिसके लिए मुझे शब्दों, पंक्तियों और किताबों ने लैस किया था। नियति का संबंध अंधे दृष्टाओं, भविष्यवक्ताओं, मृत्यु की घोषणा करनेवाले समूहगायकों से होता है, फ्रिज के नज़दीक हाँफने से, गर्भनिरोधकों के इस्तेमाल की फूहड़ कोशिशों से, कोने पर खड़ी होंडा में इंतज़ार करने से और लिस्बन के किसी होटल में चोरी-छुपे इंतज़ामों से नहीं। केवल जो लिखित है उसका अस्तित्त्व रहता है, सब कुछ, जो आदमी को स्वयं करना होता है, आकारहीन, किसी तुक या तान के बिना आकस्मिकता का अधीन होता है। यह बहुत लंबा चलता है। और यदि इसका अंत बुरा होता है तो तय है कि छंद सधा नहीं और उसे बदला नहीं जा सकता। इसलिए लिखो, सुकरात! लेकिन नहीं, वह नहीं और मैं नहीं। ऐसे समय में लिखना जब इतना कुछ लिखा जा चुका हो अहंकारियों, अंधों, जो अपनी मरणधर्मिता नहीं जानते, उनका हिस्सा है।

इस बिंदु पर मैं थमना चाहूँगा, ताकि उन सारे शब्दों को धोकर बहा डालूँ। तुमने मुझे बताया नहीं है कि मेरी कहानी के लिए मेरे पास कितना वक्त है। मैं अब और माप नहीं सकता। मैं अब तुरंत सिगिस्मुंदो दूइंडिया द्वारा रचित एक लोकगीत सुनना चाहूँगा। स्पष्टता, लयकारी, केवल ध्वनियाँ, संरचना के आदर्श रूपाकार से वश में किया गया भावनाओं का गड्डमड्ड। उसने जहाँ पहली बार दूइंडिया का कोई लोकगीत सुना था वह मेरा घर था। "तुम्हारा पुरखा," मैंने कहा था जैसे मैं उसे कोई तोहफ़ा दे रहा हूँ। मूर्ख मैं। हमेशा वही रहा। राजसी छात्रा के समीप एक कुजात शिक्षक। वह मेरे पुस्तकों के ख़ाने के पास, मेरे एकमात्र वास्तविक वंशवृक्ष के सामने, खड़ी थी, उसकी अद्भुत लंबी उँगलियाँ हेसिओद और होरेस की ओर पहुँचती हुईं, जब वह मुड़ी और उसने कहा, मेरे पिता इस्पात का काम करते हैं, जैसे वह अपने और उस संगीत के बीच बड़ी से बड़ी दूरी

बनाना चाहती हो। लेकिन मैं उससे प्रेम नहीं करता था, मैं मारिआ ज़ेइंस्त्रा से प्रेम करता था।

निकलो इस कमरे के बाहर! कौन-सा कमरा? यहाँ वाला यह, लिस्बन का कमरा। सुकरात डर गया है, डॉ. स्त्राबो में अपना चेहरा दिखाने की हिम्मत नहीं है, हेर्मान मुस्सेर्ट नहीं जानता कि वह होटल के रजिस्टर में दर्ज़ है या नहीं। "यह मसखरा-सा आदमी कहाँ से आया?" "कौन-सा कमरा है उसका?" "क्या तुमने उसका नाम दर्ज कर लिया है?" वैसा कुछ नहीं हुआ। मैं अपनी मिशेलें गाइड, लिस्बन का नक्शा सहेजता हूँ। जाहिर है कि सब नज़दीक थे। ट्रैवलर्स चैक, एस्कूदो मेरे बटुए में, कोई मुझे चाहता है, लैटिन का ipsa sibi virtus praemium—"सद्गुण स्वयं अपना पुरस्कार होता है।" और वह डर निराधार था, क्योंकि वह जगमगाती परी जिसे मैं अपनी चाबी सौंपता हूँ अपनी आँखों की चमक से मुझे लपेट लेती है और कहती है "बोम दिआ, दूतोर मुस्सेर्त।" अगस्त, राजसी नाम वाला महीना। विस्टेरिया फूलों के ज़र्द नीले अवशेष, छायादार सहन, पत्थर की उतरती हुई सीढ़ियाँ, पिछले बीस वर्षों के धीमे गुजरते समय की आँच में सिझाया गया वही दरबान। मैं उसे पहचानता हूँ, वह ऐसा दिखाता है जैसे मुझे पहचान गया हो। मुझे बायें मुड़ना होगा, उस छोटी पेस्ट्री की दुकान की तरफ़ जहाँ वह अंडे की ज़र्दी के रंग के नन्हें केक को ठूँसा करती थी, जिनकी शहद उसके उत्कट होठों पर रोग़न कर देती थी। पेस्ट्री की दुकान अब भी है, संसार नित्य है। बोम दिआ! उसके सम्मान में मैं वैसा ही एक केक खाता हूँ, सिर्फ़ एक बार उसके मुँह के स्वाद का सुख पाने के लिए। एक काफ़ेज़ीन्हो, तेज़, कड़वी : मेरी अपनी नई पद्धति से बनाई गई। कड़वे-मीठेपन से सड़क पार करता हुआ मैं गुमटी तक जाता हूँ, दियारिओ दे नोतीसिआस अखबार खरीदता हूँ, लेकिन दुनिया की ख़बरें मेरे लिए कुछ मतलब नहीं रखतीं। प्रसंगवश, उस वक्त भी ऐसा ही था। आज इराक है, उस वक्त क्या था मुझे याद नहीं। और इराक तो मेरे अपने बाबुल, अक्काद और सुमेर और खाल्दियों के देश के लिए एक बाद का मुखौटा है। उर, दज़ला और फ़रात, और शानदार बाबुल, सौ जुबानों का चकलाघर।

मुझे पता चलता है कि मैं एक पुरानी धुन गुनगुना रहा हूँ और मेरे कदमों

में वह चुस्ती है जो मेरे सबसे बढ़िया दिनों में थी। मैं 'लार्गो दोस सांतोस' तक चहलकदमी करता हूँ, फिर 'अवेनिदा 24 दे जूल्हो' तक। अपने दाएँ मैं वह छोटी रेलगाड़ी देखता हूँ और अपने भद्दे रंगों वाली खिलौना ट्रामें। और नीचे, दूरी पर, मेरी नदी होनी चाहिए। सारी नदियों में सिर्फ़ तागुस ही क्यों थी जो मुझे इतना विचलित करती थी, मैं नहीं जानता। वह उसके पहले दर्शन रहे होंगे, अबसे कितने पहले, 1954 में, जब लिस्बन एक पतनशील साम्राज्य की राजधानी तब भी थी। हमने इंडोनेशिया खो दिया था और अंग्रेज़ों ने भारत खो दिया था लेकिन यहाँ, इस नदी के किनारे-किनारे, वास्तविक संसार के नियमों की कोई वक़त नहीं लगती थी। पुर्तगालियों के पास तब भी तिमोर था, और गोवा, माकाओ, अंगोला, मोज़ाम्बीक—उनका सूरज अभी डूबा नहीं था, उनके साम्राज्य में दिन और रात हमेशा साथ रहते थे, ऐसा लगता था कि जिन लोगों को मैं दिन के उजाले में देखता था वे रात के साम्राज्य के कैदी थे। ऐसे जूते पहने हुए जो उत्तरी यूरोप में कभी दिखते न थे, मर्द एक-दूसरे के हाथों में हाथ डाले उस चौड़ी, भूरी नदी के किनारे टहलते थे और अपनी कोमल, धीमी गति से बोली गई लातीनी मूल की भाषा में बातचीत करते थे जिसका, मुझे लगता था, जल से कुछ-न-कुछ संबंध था, आँसुओं के जल से और संसार के समुद्रों के जल से, जो पहले के राजाओं के भवन को सजाते थे, उन मानुएली लंगरों और उनके रस्सों की गठानों से लेकर उन छोटी नावों तक से जो काचिल्हास और बार्रेदूरो के बीच आती-जाती थीं, और तोर्रे दे बेलेम को दी गई उदास विदा की सलामी से—पितृभूमि के उस आखिरी स्मारक से जिसे जाते हुए अन्वेषक देखते थे, जो वह पहला सीमा-चिह्न भी था जिसे वे बरसों बाद लौटते हुए देखते थे। यदि वे लौटते थे तो। मैं लौटा था, मैं दूक दे तेर्सेइरा की करुण मूर्ति के पास से गुज़रा था जिसने उन्नीसवीं सदी में लिस्बन को किसी-न-किसी चीज़ से आज़ाद किया था, मैंने ट्रामों से बचते हुए काइस दो सोद्रे को पार किया था और अब उस नदी के किनारे खड़ा हुआ था, जो सदा की तरह थी, बस मैं उसे अब बेहतर जानता था, मैंने कुएंचा के पास एक हरे इस्पानी बाँगर में उसका उद्‌गम देख लिया था, तोलेदो में उसने काटकर जो चट्टानी दीवारें बनाई थीं उन्हें, और एक्स्त्रेमादूरा से होकर उसके ज़्यादा चौड़े, धीमे बहाव को मैं जानता था, मैं उसके स्रोत जानता था, अपने आसपास की भाषा में मैं उसकी कलकल सुन सकता था। बाद में (बहुत बाद में) मैंने एक

बार लिज़ा दूइंडिया से कहा था : "लैटिन सत्व है, फ्रैंच विचार है और पुर्तगाली जल है।" वह हँसी थी, एक साफ़ ऊँचे सुर वाली हँसी, लेकिन मारिआ ज़ेइंस्त्रा नहीं हँसी थी। शायद इसी जगह जहाँ मैं अभी खड़ा हुआ हूँ मैंने उस पर यह जुमला आज़माया था लेकिन उसने कुछ नहीं कहा था। "मेरे लिए पुर्तगाली एक तरह की फुसफुसाहट है," उसने कहा, "मैं एक शब्द नहीं समझती। और जहाँ तक जल-वल की बात है, मुझे वह कुछ बेबुनियाद-सी लगती है, और वैज्ञानिक तो वह बहुत ज़्यादा है नहीं।" उस पर, हमेशा की तरह, मेरे पास जवाब देने को कुछ न था। मैं इसी से खुश था कि वह मेरे साथ थी, भले ही उसे मेरी नदी कुछ ज़्यादा भूरी लगती थी। "कोई भी समझ सकता है कि उसमें क्या-क्या बहाया गया है।"

मैं शहर का सामना करने के लिए घूमता हूँ जो मेरे सामने धीरे-धीरे उभर रहा है और मैं जानता हूँ कि मैं कुछ तलाश रहा हूँ, लेकिन क्या? मैं कोई चीज़ दुबारा देखना चाहता हूँ, लेकिन उसे तभी पहचान पाऊँगा जब उसे देखूँगा। और अचानक यह रही वह : एक अजीब-सी छोटी इमारत जिसपर एक विशाल घड़ी लगी हुई थी, पत्थरों से बना एक ढाँचा जिसके करीब समूचे हिस्से में सिर्फ़ वह घड़ी ही थी, विशाल गोल, सफ़ेद और अपने ज़बर्दस्त काँटों से समय पर सर्वोच्च अधिकार किए हुए, उसके ऊपर बड़े अक्षरों में लिखा हुआ था HORA LEGAL, और चौक के रेलपेल भरे विस्तार में वह वाकई एक कानूनी इबारत जैसा लगता था : "जो भी समय के साथ हस्तक्षेप करना चाहता है, वह कोई भी हो, कोई भी जो उसे खींचकर लंबा करना चाहता है, पीछे ले जाना चाहता है, उससे एक अलग धारा निकालना चाहता है, उसका प्रवाह रोकना चाहता है, उसे मोड़ना चाहता है, यह जान ले कि मेरा विधान चरम है, कि मेरी निरंकुश सुइयाँ क्षणभंगुर, अस्तित्त्वहीन 'अब' को दर्शाती हैं, जैसा कि वे सदा करती हैं। वे भ्रष्टकारी विभाजन से, अध्येताओं के 'अब' की वेश्यावृत्ति से ऊपर हैं, मेरा 'अब' ही वास्तविक है, गिने हुए साठ क्षणों का जो हमेशा नये सिरे से गिने हुए साठ क्षणों तक रहता है," —और अब, उस वक्त की तरह, मैं खड़ा रहता हूँ और गिनता हूँ और उस बड़ी लोहे की काली सुई को 10 और 15 के बीच के उस सफ़ेद, बँटे हुए समतल की ओर तब तक इंगित करते देखता हूँ जब एक थर्राहट के साथ वह अगली ख़ाली जगह की ओर बढ़ती है और आदेश देती है, निर्णय करती है, घोषित करती

है कि अब इस जगह पर अब राज्य कर रहा है। अब?

एक उड़ता हुआ कबूतर कुछ देर के लिए घड़ी के ऊपर की मेहराब पर बैठा, जैसे कोई मुद्दा रख रहा हो, लेकिन अपने ख़यालों से भटकने का मेरा कोई इरादा न था। मेरे विचार से घड़ियों के दो उपयोग थे। एक तो लोगों को बताना कि कितना वक्त हुआ है, और दूसरा मुझे मजबूती से बताना कि समय एक रहस्य है, एक असाध्य, अमाप्य परिभास, जिसमें हमने, बेहतर संभावनाओं के अभाव की निपट लाचारी में, एक व्यवस्था का सादृश्य दे डाला है। ''समय एक ऐसी प्रणाली है जिसे हर वस्तु को एक साथ होने से रोकना है'', यह वाक्य मैंने संयोग से एक बार रेडियो से सुना था। ''था'', ''किया था'', क्या कह रहा हूँ मैं, मैं अब यहाँ खड़ा हूँ और यहीं मैं एक बार मारिआ ज़ेइंस्त्रा के साथ खड़ा था जिसने अपनी हरी उत्तरी-हालैंडीय आँखें मुझ पर डालीं और कहा था : ''तुम क्या बोलते चले जा रहे हो, चरबी के ढेर? अगर तुम साइंस के वक्त और बेचारे अपने दिल के वक्त को अलग-अलग नहीं रख सकते तो तुम्हारा हाल बहुत बुरा है।''

उसका मैंने कोई जवाब नहीं दिया, इसलिए नहीं कि मैं बुरा मान गया था, क्योंकि मुझे उससे 'चरबी के ढेर' (या 'बत्ती के ढक्कन', या 'तली मछली' या 'निचुड़े निब्बू') पुकारा जाना अच्छा लगता था , बल्कि इसलिए कि सड़क के उतार पर सौ मीटर दूर ब्रिटिश बार की दीवार पर जवाब हमारा इंतज़ार कर रहा था। जब तक हम अंदर गए तब तक उसे कोई शक नहीं हुआ था लेकिन जब हम छाया में ठंडे में बैठे और उसने अपनी मदीएरा की पहली चुस्की ली तो मैंने निर्लिप्त भाव से पूछा : आख़िर वक्त क्या हुआ है?

उसने सामने की दीवार पर लकड़ी के चौखटे वाली बड़ी घड़ी को देखा और उसके चेहरे पर तुरंत उन लोगों जैसा चिढ़ का भाव आ गया जिन्हें सुनियोजित विश्व से अपने पावन संबंधों को टूटता हुआ देखने से नफ़रत होती है। ''ठीक है, ठीक है, मैं देख सकती हूँ,'' उसने कहा, और अपनी घड़ी को देखा। ''हे भगवान, क्या बेवकूफ़ी है।''

''आह, यह तो वक्त को देखने का एक तरीका है,'' मैंने कहा, ''आइंश्टाइन ने उसे चाशनी में बदल दिया था और दाली ने घड़ी और सब कुछ समेत पिघला डाला था।'' इस महान् वायवीय गुब्बारे पर हमारे लिए निर्धारित किए गए खंड को कमोबेश सुचारु रूप से पार करने में हमें मदद क़रने के लिए सामने दीवार

पर जो घड़ी लटकी थी उस पर घंटों के सुपरिचित अंक उल्टे क्रम में लिखे हुए थे : छः बजकर बीस मिनट छः बजने को बीस मिनट हो गया था। देखने वाले पर इसका चकराने वाला असर होता था। मैंने एक बार मालिक से पूछा था कि यह घड़ी बनी कहाँ थी और उसने मुझे बताया था कि वह बार के सामान के साथ ही मिली थी। और उसने भी ऐसी कोई चीज़ नहीं देखी थी।

"उन लोगों से और क्या उम्मीद की जा सकती है जो सड़क की ग़लत तरफ़ से गाड़ियाँ चलाते हों?" उसने कहा। "हम बाहर कब निकलेंगे?"

विषय समाप्त हुआ और मैं उसके लाल बालों के लहराने के पीछे-पीछे जहाज़ों के मार्ग 'आवेनिदा दास नाउस' पर चलता गया जैसे मैं उसे नहीं बल्कि वह मुझे शहर दिखा रही हो। वह उस वक्त था, अब नहीं। वह उल्टी घड़ी अब भी वहीं लटकी हुई है—और चूँकि मैंने उसे डॉ. स्त्राबो की 'पर्यटक पथ-प्रदर्शिका' में शामिल कर लिया है इसलिए हालैंड की आधी आबादी उसे देखने जा चुकी है। मुझे अब तक इक्यानवे पत्र-लेखक समझा चुके हैं कि आप उसके सामने लगे आईने में देखकर सही वक्त बता सकते हैं। सिर्फ़ उन्होंने "चर्बी के ढेर" नहीं जोड़ा था।

वह मेरे सामने एक जहाज़ की तरह नाचती जा रही थी, हर नज़र आने वाला मर्द मुड़कर उसे दुबारा देख रहा था, उस लहराते हुए अचंभे को पीछे से भी देखने के लिए, इसलिए नहीं कि वह इतनी सुंदर थी बल्कि इसलिए कि वह, बेशक वहाँ और उस वक्त, एक मूर्तिमान उत्तेजक उन्मुक्तता थी। वर्णन करने का और कोई बेहतर तरीका है ही नहीं, ऐसा लगता था जैसे वह भीड़ में से अपना बदन इस तरह से यूँ निकाले चली जा रही थी कि हरेक और सभी उसे सराह सकें। मैंने एक बार कहा, "तुम एक ऐसी औरत की तरह नहीं चलतीं जो कभी मर नहीं सकती, बल्कि एक ऐसी औरत की तरह जिसके लिए हर आदमी हर चीज़ तज देता है", और एक लम्हे के लिए मुझे लगा कि वह नाराज़ हो गई लेकिन उसने सिर्फ़ यह जवाब दिया, "हर आदमी, बस, एक आरेंड हेर्फ़्स्ट के सिवा।"

वह क्या था जो मैंने हमेशा अपनी क्लास को बताया था? रूपाकार की दृष्टि से तासितुस के 'वृत्तांत' एनलिस्टिक, यानी कहानी जैसे हैं (हाँ, गधे, इस शब्द

का संबंध कहानी से है, तुम जो 'एनल' समझ रहे हो उससे नहीं) लेकिन वह अक्सर अपने आख्यान में इसलिए व्यवधान पैदा करता है कि घटनाओं के कठोर क्रम पर कायम रहे। शायद मुझे भी यही करना चाहिए, एक धूप का हैट खरीदना चाहिए, दिमाग़ दुरुस्त करना चाहिए, अपने होश सँभालने चाहिए, अतीत और वर्तमान को अलग रखना चाहिए, बाहर निकलना चाहिए, 'अल्फ़ामा' की टेढ़ी-मेढ़ी भूलभुलैयाँ से भागना चाहिए, 'कास्तेलो दे साओ होर्ख़े' के पास किसी 'बेला सोम्ब्रा' की ठंडी छाँह में बैठ अपने पैताने पसरे शहर पर चिंतन करना चाहिए, अपने जीवन की दशा का सर्वेक्षण करना चाहिए, घड़ी का क्रम बदलना चाहिए और अतीत को मेरी ओर एक आज्ञाकारी कुत्ते की तरह दौड़ते आने पर बाध्य करना चाहिए। हमेशा की तरह सब मुझे ही करना पड़ेगा और अच्छा यही है कि मैं फौरन शुरू कर दूँ। लेकिन पहले एक धूप का हैट। सफ़ेद, बुने हुए सूखे सरकंडों का। उससे मैं काफ़ी लंबा हो जाता था। "ए, छोकरो, सुकरात अपने चश्मे के ऊपर टोप पहनकर आया है।"

बीसवीं सदी के छठवें दशक के कारण जितने दिमाग़ दूषित हुए थे उनमें से हमारे हेडमास्टर का भेजा सबसे गंभीर रूप से प्रभावित हुआ था, यदि उसका बस चलता तो हम अपने विद्यार्थियों से ट्यूशन ले रहे होते। उसके सबसे चुनिंदा आविष्कारों में से एक यह था कि शिक्षक एक-दूसरे की कक्षाओं में बैठ सकते थे। कुछ जो मेरी क्लास का नमूना लेने आए थे फिर लौट कर नहीं आए, और खुद मैंने सिर्फ़ दो को आज़माया। पहले मैं ऐच्छिक धार्मिक शिक्षा की क्लास में गया, जिसमें सिर्फ़ तीन विद्यार्थी आए और जिसके दौरान धर्मविद्या का वह भला डॉक्टर हमेशा के लिए 'अपने पड़ोसी से प्यार करो' ईसाई के सिद्धांत से अलफ़ हो गया। दूसरी क्लास तो बेशक मारिआ की होनी ही थी। क्यों? क्योंकि स्टाफ़-रूम में उसने कभी मेरी तरफ़ देखने की मेहरबानी नहीं की थी। क्यों? क्योंकि रात में मैं उसके वैसे सपने देखता था जो मैंने अपने कैशोर्य के बाद कभी देखे न थे, और क्योंकि लिज़ा दुइंडिया ने मुझे बताया था कि वह *कितना गजब का* पढ़ाती थी।

आखिरी बात सच थी। मैंने उसकी कक्षा के कमरे की पिछली कतार में एक गैंगले-से किशोर के पास एक सीट खोज ली थी, लेकिन *उसने* ऐसा जताया मानो उसे मेरी मौजूदगी का पता ही न चला हो। मैंने उससे पूछा था कि उसे वह मंज़ूर था या नहीं, और उसने कहा था : "मैं तुम्हें रोक तो सकती नहीं, और शायद उससे

तुम्हें कुछ सीखने को मिल ही जाए, आज मैं मौत के बारे में पढ़ाने वाली हूँ।'' और वैसा कहना ऐसे व्यक्ति के लिए कुछ विचित्र ढंग से चूक-भरा था जिसकी वैज्ञानिक महत्त्वाकांक्षाएँ हों क्योंकि उसका सबक़ जितना मौत के बारे में नहीं था उतना उसके बाद क्या होता है के बारे में था, कायांतर के बारे में। और हालाँकि उसका कायांतर मेरे कायांतर से अलग सिलसिले का था लेकिन वह विषय मेरे लिए परिचित था। बहुत बरसों बाद मैं डेस्कों की कतार में बैठा था, और अभ्यस्त भूमिकाओं के उलटफेर के कारण अचानक मैंने देखा कि अध्यापन का पेशा सचमुच कितना विचित्र है। बीस या ज़्यादा लोग बैठे हुए हैं, सिर्फ़ एक खड़ा हुआ है और इस खड़े हुए का ज्ञान बाकी के अभी भी खाली दिमाग़ों तक पहुँचना है।

वह बढ़िया लग रही थी, उसके लाल बाल कमरे में झंडे की तरह लहरा रहे थे, लेकिन इस दृश्य का मेरा आनंद जल्द ही ब्लैकबोर्ड के सामने एक फ़िल्मी पर्दे के खुलने और कमरे के बेढंगे मटमैले पर्दों के खींचे जाने से कम हो गया। ''मुस्सेर्ट महाशय किस्मत वाले आदमी हैं'', उसने कहा, ''उनकी पहली ही क्लास है और फ़ौरन उन्हें एक फ़िल्म देखने को मिल रही है!'' तानाकशी।

''अपने हाथ सँभालो, सुकरात'', मैंने किसी को अँधेरे में कहते सुना, और फिर चुप्पी छा गई, और पर्दे पर एक मरा हुआ चूहा दिखाई पड़ा। वह बड़ा चूहा नहीं था लेकिन काफ़ी मरा हुआ था—मुँह थोड़ा खुला हुआ, मूँछों पर कुछ खून, अधखुली आँखों में एक आखिरी दमक। टूटा हुआ शरीर कुछ मुड़ा हुआ था, उस मुद्रा में जिस पर मौत को न लौटाए जा सकने वाला, स्तंभित गति का, कभी सक्रिय न हो पाने की सामर्थ्यहीनता का निशान होता है। किसी ने उल्टी करने की आवाज़ें निकालीं।

''इसकी ज़रूरत नहीं है।'' यह उसकी आवाज़ थी, कम, और चाबुक जैसी। फ़ौरन चुप्पी छा गई। फिर एक गुबरैला, जिसे सैक्सटन कहा जाता है, पर्दे पर आया। यह नहीं कि मैं उसका नाम जानता था, पर उसने बताया। एक सैक्सटन गुबरैला, जिसके सालामांदर छिपकली जैसे भड़कीले रंग होते हैं। मुझे वह आबनूसी और गहरे गेरुए रंग का एक भला प्राणी लगा। उसके सीने के कवच पर राजवंश-जैसे चिह्न बने थे। वह नर नहीं, मादा थी, जैसा कि उसने बताया।

यह सच ही रहा होगा, क्योंकि आख़िर उसने बताया था। मैंने उसकी कल्पना करने की कोशिश की। कोई और भी वही कर रहा था क्योंकि एक आवाज़ ने

कहा : "बढ़िया माल है!" कोई नहीं हँसा।

मादा गुबरैले ने मरे हुए चूहे के चारों ओर एक छोटी-सी खंदक खोदना शुरू किया। एक दूसरा गुबरैला नमूदार हुआ, पर वह बहुत कम सक्रिय था।

"जाति का नर।" ज़ाहिर है।

मादा अब उस लाश को धकाने लगी, जो हर बार थोड़ा-सा हिलती थी, ऐंठी हुई, अनिच्छुक। मृतक और सोना चाहते हैं, वे किसी भी प्रजाति के हों। लगता था कि मादा गुबरैला चूहे के सख़्त शरीर को मोड़ना चाहती थी, उसका मोटा, बख़्तरबंद, चमकता सिर बार-बार उस शव से टकराता, जैसे एक मूर्तिकार संगमर्मर की किसी बेढब चट्टान पर काम कर रहा हो। पर्दे पर तस्वीर जब-तब उछलती थी, और हम एक चरण आगे बढ़ जाते थे।

"तुम देख सकते हो कि फ़िल्म संपादित की गई है, पूरी असली प्रक्रिया फ़िल्माई गई थी, कुल मिलाकर करीब आठ घंटे की थी।"

संक्षिप्त संस्करण भी अच्छा-ख़ासा लंबा था। शव और गोल होता गया, पैर आपस में फँस गए, चूहे का सिर उसके नरम पेट में धँसा दिया गया, मादा गुबरैला एक बालों वाली गेंद के चारों-ओर अपना मौत का नाच नाचती रही।

"इसे हम माँसवटिका कहते हैं।"

माँसवटिका, मैंने इस शब्द को चखा। पहले कभी नहीं सुना। किसी नये शब्द के लिए मैं सदा कृतज्ञ होता हूँ। और यह तो एक सुंदर शब्द था। चूहे के माँस की एक बालों वाली गोली, जो धीरे-धीरे उस खंदक में लुढ़क रही थी।

"अब वह उस कब्र में नर के साथ सोहबत करेगी।" आधे उजाले में किसी ने चटखारा लिया। उसने बत्ती जलाई और अपनी निगाह तीसरी कतार में बड़े, मुँहासेदार लड़के पर गड़ाई।

"इतना टुटुँआपन मत दिखाओ," वह बोली।

टुटुँआपन। क्या अनोखा शब्द है! उत्तरी हालैंड के सपाट लहजे में कहा गया। बत्ती फिर बुझा दी गई थी लेकिन मैं जान गया कि जो अस्पष्ट-सी भावना मुझमें उसके लिए थी वह अचानक बढ़कर प्रेम हो गई थी। इतना टुटुँआपन मत दिखाओ। दोनों गुबरैले एक-दूसरे पर सवार होने के लिए हड़बड़ी मचाने लगे जैसे कि उन्हें उसका हुक्म दिया गया हो, जो कि उन्हें दिया गया था। हमीं एक प्रजाति हैं जो उस असली उद्देश्य से भटक गए हैं। वही अनाड़ीपन से भरी घपलेबाज़ियाँ, इसलिए

और भी अजीब कि अधिकांश प्राणी लेटकर वह नहीं करते हैं, लिहाज़ा पर्दे पर की ये मज़ाहिया हरकतें एक अनौपचारिक-से नृत्य में बदल गईं जिसमें एक साथी को दूसरे को चारों तरफ़ धकाना होता था, सब-कुछ पूरी मौत की-सी चुप्पी में। संगीत के बिना नाचना। उन बख़्तरबंद शरीरों की रगड़ से बहरा कर देने वाला शोर उठता होगा। लेकिन संभव है गुबरैलों के कान न होते हों, मैं उसके बारे में उससे पूछना भूल गया था। दोनों टैंक अलग हो गए और एक ने दूसरे का पीछा करना शुरू कर दिया। मैं भूल चुका था कि कौन क्या था। वह नहीं।

''अब मादा नर को खंदक से बाहर खदेड़ रही है।''

कमरे में भनभनाहट, लड़कियों की ओर से ऊँची ध्वनियाँ। उस सब के बीच में मैं उसकी धीमी, मिलीभगत-भरी हँसी सुन सकता था, और मैंने खुद को अपमानित महसूस किया।

मादा ने दूसरी खंदक खोदना शुरू कर दिया। ''डिम्बप्रकोष्ठों के लिए।'' एक बार और एक नया शब्द, यह औरत मुझे नये शब्द सिखा रही है! कोई शक ही नहीं था, मैं उसे चाहने लगा था।

''दो दिनों के भीतर वह वहाँ अपने अंडे दे देगी। लेकिन पहले वह लाश के माँस को नरम बनाने जा रही है।''

उसके अंडे! मैंने इसके पहले कभी किसी गुबरैले को उल्टी करते नहीं देखा था। मैं एक कक्षा में उस औरत के साथ बैठा हुआ था जिसे मैं प्यार करने लगा था और एक मादा गुबरैले के विज्ञान-कथा जैसे सिर को, जो सौ गुना बड़ा करके दिखाया जा रहा था, एक माँसवटिका पर, जो एक घंटे से भी कुछ कम पहले एक मुर्दा चूहे से मिलती-जुलती थी, हरा पित्त उगलते देख रहा था।

''अब वह लाश को कुतर कर उसमें छेद कर रही है।'' बिल्कुल सही था। उत्खनक, जननी, डिम्ब-धारक, प्रेमिका, हत्यारी, *मम्मी* ने चूहे की गोली से एक डला चबाया और उसी छेद में उलट दिया जिससे उसने उसे कुतरा था। ''वह एक भोजन-द्रोण बना रही है।'' माँसवाटिका, डिम्बप्रकोष्ठ, भोजन-द्रोण। और समय की गति का तेज़ होना : दो दिनों में अंडे, उसके बाद पाँच दिनों में डिंभक। नहीं, मैं जानता हूँ कि समय की गति नहीं बढ़ाई जा सकती। या बढ़ाई जा सकती है? अंडे ज़र्द और चमकदार हैं, डिंभकों पर और हल्के छल्ले बने हुए हैं, जीवित हाथीदाँत के रंग के। माँ चूहे की लपसी का एक कौर मुँह में लेती है, डिंभक

उसके मुँह के भीतर के हिस्से को चाटते हैं। हर चीज़ का संबंध प्रेम से है। पाँच घंटे बाद वे अपने आप खाना शुरू कर देते हैं, अगले दिन वे गुड़ी-मुड़ी लाश में रेंगने लगते हैं। अंग्रेजी शब्द कैडेवर की इस तरह व्याख्या की जा सकती है–CAro DAya VERmibus : कीड़ों को दिया गया माँस। इस लैटिन-प्रेरित मज़ाक के लिए क्षमा चाहता हूँ। बत्ती फिर रोशन कर दी गई, पर्दे हटा लिए गए, लेकिन जो सचमुच जगमग हुए वे उसके बाल थे। बाहर सूरज चमक रहा था, अखरोट के दरख़्त की शाखें हवा में हिल रही थीं। वसंत की ऋतु थी लेकिन मृत्यु की धारणा कमरे में सरक आई थी, जो मारने, संसर्ग करने, खाने, परिवर्तित होने को जोड़ती थी, वह वृकोदर, दाँतों वाली श्रृंखला, जो ज़िंदगी है। विद्यार्थी कमरे से चले गए, हम दोनों अचकचाए खड़े रहे।

"अगली बार घुन और इल्लियाँ।"

उसने यह उकसाते हुए कहा, जैसे उसे मालूम था कि मैं थोड़ा-सा भौंचक्का था। जो कुछ मैंने देखा था उसका कुछ-न-कुछ संबंध क्रोध से प्रतीत होता था। क्रोध या स्वेच्छा। वे पीसते हुए जबड़े, वह संसर्ग करते हुए जिरहबख़्तरों की मध्यकालीन टापें, अपनी माँ के बख़्तरबंद वाले मुँह से भोजन चाटते हुए डिंभकों के दमकते, अंधे मुखोश–असली जीवन।

"दि नेवर-एंडिंग स्टोरी–अंतहीन कहानी", मैंने कहा। वाह, सुकरात। और इधर हाल में क्या नया विचार सूझ पड़ा है?

उसने अपने गालों को फुलाया। जब वह कुछ सोचती थी तो ऐसा करती थी।

"मैं नहीं जानती। किसी-न-किसी वक्त अंत तो ज़रूर होता है। लेकिन एक शुरूआत भी होनी होती है।" और फिर वही उकसाने वाली चितवन, जैसे उसने अभी-अभी अनित्यता का आविष्कार किया हो और एक अध्येता पर उसे आज़माना चाहती हो। लेकिन मैं इतनी जल्दी कब्र से नहीं खदेड़ा जाने वाला था।

"क्या मरने के बाद तुम अपने शरीर को जलवाना चाहोगी?" मैंने पूछा। आप किन्हीं भी लोगों के बीच हों, यह प्रश्न बहुत असरदार होता है। जिस देह से यह किया जाता है वह तब सिर्फ़ एक पार्थिव बोझ बनकर रह जाती है जिसे कभी-न-कभी ठिकाने लगाना होता है, और सबसे ज़्यादा ऐन्द्रिक स्थितियों में उससे एक विशेष उत्तेजना आ जाती है।

"तुम्हारा क्या मतलब है?" उसने कहा।

"मैंने एक रोगविज्ञानी को यह कहते सुना है कि उससे दर्द होता है।"

"बकवास। हाँ शायद कुछ मुकामी असर होता हो।"

"मुकामी?"

"मतलब जब अपन कोई साबुत माचिस की तीली जलाते हैं तो वह कैसी मुड़ जाती है, ज़ाहिर है कि उस वस्तु में एक ज़बर्दस्त तनाव पैदा होता है।"

"मैंने एक बार नेपाल में नदी के किनारे एक लाश का सार्वजनिक दहन देखा था।" मैं झूठ बोल रहा था, मैंने उसके बारे में सिर्फ़ पढ़ा था, लेकिन लकड़ी के जलते हुए ढेर की मैं कल्पना कर सकता था।

"ओह, और क्या हुआ था?"

"कपाल फूट पड़ा। एक पागल आवाज़ हुई। जैसे किसी ने एक बहुत बड़ा अखरोट भूना हो।" वह हँसने लगी, और फिर उसका चेहरा सख़्त हो गया। बाहर खेल के मैदान में—मुझे पता नहीं कि क्या अब भी उसे वैसा कहा जाता है—आरेंड हेर्फ़्स्ट और लिज़ा दूइंडिया खेल की पोशाक में घूम रहे थे। वह जायज़ था, वह टीम का प्रशिक्षक था। हेर्फ़्स्ट अपने सबसे उम्दा अंदाज़ में था। अपनी स्थायी मुस्कान के कारण कवि के चेहरे पर उन डिंभकों जैसा कुछ उभर आया था जिन्हें मैंने अभी-अभी देखा था।

"क्या वह तुम्हारी क्लास में है?"

"हाँ।"

"तुम्हारा उसके बारे में क्या विचार है?"

"वह मेरे बुढ़ापे की ख़ुशी है," मैं तीस के ऊपर था और मैंने यह बिना किसी व्यंग्य के कहा था। हममें से किसी ने आरेंड हेर्फ़्स्ट की तरफ़ नहीं देखा, हम सिर्फ़ यह देखते रहे कि उसके साथ की वह नारी आकृति किस तरह बाहर के अंतराल को परिभाषित कर रही थी, जब वह चलती थी तो खेल के मैदान का केंद्र कैसे अपनी जगह बदलता जाता था।

"तुम भी उससे मुहब्बत करते होगे?" मज़ाक उड़ाने की नीयत से पूछा गया।

"नहीं।" यह सच था। जैसा मैं कह चुका हूँ।

"क्या मैं अगली बार तुम्हारी क्लास में आ सकती हूँ?"

"मुझे डर है कि तुम्हें उससे कुछ मिलेगा नहीं।"

"यह तो खुद मुझे देखना होगा।"

मैंने उसकी तरफ़ देखा। हरी आँखें लाल बालों से आधी ढँकी हुईं, एक दोलायमान पर्दा। चेहरा तिलों से भरी हुई आकाशगंगा।

"तो फिर मेरी ओविद की क्लास में आओ। वह भी कुछ कायांतर के बारे में है। माँसवटिका में चूहे नहीं, लेकिन फिर भी..."

उस तीसरे पहर मैं क्या पढ़ूँ-पढ़ाऊँ? फाएथोन, आधी पृथ्वी आग में भस्म होती हुई? पाताल की अँधियारी गुफाओं के बारे में? मैंने कल्पना करने की कोशिश की कि वह मेरी क्लास में कैसी बैठेगी, पर कर नहीं पाया।

"ठीक है, तो मुलाक़ात होगी," उसने कहा, और चली गई। कुछ देर बाद जब मैं स्टाफ़-रूम में गया तो देखा कि वह अपने पति से बहस के बीचोंबीच थी जिसकी स्थायी मुस्कान में अब एक तिरस्कार का-सा पुट था और पहली बार मैंने देखा कि वह वेध्य थी।

मैं उसके पति से कहना चाहता था कि त्रासद बहसों में पड़ने से पहले अपनी खेल की पोशाक बदल लिया करो, लेकिन मैं वह कभी नहीं कहता जो सोचता हूँ।

ज़िंदगी गू से भरी एक बाल्टी है जो भरती चली जाती है और हमें उसे अपने साथ आख़िर तक ढोना पड़ता है। ऐसा माना जाता है कि यह संत ऑगस्टाइन ने कहा था लेकिन दुर्भाग्यवश मैं मूल लैटिन पाठ को खोज नहीं पाया हूँ। यदि यह प्रक्षिप्त नहीं है तो तय है कि 'स्वीकारोक्तियाँ' में होगा। मुझे मारिआ के बारे में अब तक भूल जाना चाहिए था, वह सब इतना पहले हुआ है। दुख को तुम्हारे चेहरे की रेखाओं में लिखा होना चाहिए, तुम्हारी स्मृति में नहीं। और दुख अब चलन के बाहर भी है, आजकल उसके बारे में कम ही सुना जाता है। और बूर्ज्वा। बीस बरस से दुखी नहीं हुआ हूँ। यहाँ ऊपर ठंडक है, मैंने एक सफ़ेद मोर (घोड़ों के अलावा बाकी *सारे* सफ़ेद जानवरों के लिए कोई ख़ास शब्द क्यों नहीं है?) का ऐसे पीछा किया जैसे मेरा समूचा जीवन उस पर निर्भर था और अब मैं किले की दीवार पर बैठा हुआ हूँ, शहर, नदी और सुदूर समुद्र की रकाबी से परे देखता हुआ। कनेर, लाल चमेली, जयपाल, विशाल चिराबेल। एक लड़की

पास में बैठी हुई है, कुछ लिखती हुई। मेरे आसपास की हवा में 'अलविदा' शब्द तिर रहा है और लगता है मैं उसे पकड़ नहीं पा रहा हूँ। यह समूची नगरी एक अलविदा है। यूरोप का छोर, पहली दुनिया का आखिरी किनारा, इधर है कि यह खिरा हुआ महाद्वीप समुद्र में डूबता है, उस अनंत कुहरे में विलीन हो जाता है, जिसकी तरह आज यह महासागर लग रहा है। यह शहर वर्तमान का नहीं है, यहाँ पहले का-सा लगता है क्योंकि वह बाद का है। घिसापिटा अब अभी तक यहाँ पहुँचा नहीं है, लिस्बन उसके लिए अनिच्छुक है। यही सही शब्द होना चाहिए, यह शहर विदाई के क्षण को मुल्तवी कर देता है, यही वह जगह है जहाँ यूरोप खुद को अलविदा कहता है। अलसाए गीत, कोमल क्षय, महान सौंदर्य, स्मृति, कायांतरण का स्थगन। उनमें से एक भी चीज़ डॉ. स्त्राबो की 'पर्यटन पथ-प्रदर्शिक़ा' में जगह न पा सकेगी। मैं मूर्खों को फ़ादो गीतों वाले शराबख़ानों में भेज देता हूँ ताकि उन्हें तैयार साउदादे की अपनी खुराक मिल जाए। स्लाउरहोफ़ और पेस्सोआ को मैं अपने तक रखता हूँ, हालाँकि उनका उल्लेख ज़रूर करता हूँ, मैं ग़रीब भोंदुओं को एक कप कॉफ़ी के लिए मूररिआ या ब्रासिलेइरा भेज देता हूँ और बाकी के बारे में मैं पहले ही अपना मुँह बंद रखना चाहूँगा। मैं उस दारूबाज़ कवि के आत्म-कायांतरों के बारे में एक शब्द भी हौले से नहीं बोलना चाहता, उस तरल, बहुरूप व्यक्तित्त्व के बारे में जो अभी भी अपनी सारी उदास प्रखरता से लिस्बन की सड़कों पर घूमता है, जिसने अदृश्यता में रहते हुए स्वयं को तमोलियों की दूकानों, घाटों के किनारों, दीवारों, अँधियारे कहवाघरों में पैठा लिया है, जहाँ वह और स्लाउअरहोफ़ सहज साथ रह सके होंगे, अनजाने।

तरल मैं। यह विषय तब उठा जब वह पहली और सिर्फ़ एक बार मेरी क्लास में आई। उसे वह बिल्कुल स्वीकार नहीं हुआ और मैं कभी समझा नहीं पाता कि मेरा उससे तात्पर्य क्या है।

"Regia Solis erat sublimibus alta columnis..." ओविद के ग्रंथ 'मेटामोर्फ़ोसेस' (कायांतरण) के दूसरे खंड के इस अंश से मैंने अपना पाठ शुरू किया। मारिआ ज़ेइंस्त्रा बैठी हुई मुझे देख रही थी, जबकि दूइंडिया ने अपनी ऊँची, साफ़ आवाज़ में अनुवाद किया : "सूर्य का प्रासाद ऊँचे स्तंभों वाला एक ऊँचा भवन था..." तो मैंने कहा था कि मैं 'ऊँचा' की जगह 'भव्य' को ज़्यादा पसंद करूँगा, और यह कि वैसे भी एक शब्द को इतने पास दुबारा इस्तेमाल

न करना ही बेहतर होता है, और उसने अपने होंठ को इतनी सख़्ती से काटा था जैसे खून निकाल लेगी और दुहराया था : "सूर्य का प्रासाद ऊँचे स्तंभों वाला एक भव्य भवन था..." और मेरे सुकराती भेजे में यह बाद में ही आया था कि मैं अकेला था जो तब भी उस मामले को लेकर अँधेरे में था, और यह कि द्इंडिया जानती थी कि ज़ेइंस्त्रा जानती थी और जेइंस्त्रा जानती थी कि द्इंडिया जानती है कि वह जानती थी, और इस पूरे वक्त मैं fastigia summa और त्रीतोन और प्रोतेउस के बारे में, और फ़ाएथोन के बारे में प्रलाप करता रहा जो प्रासाद को जाने वाले ऊँचे मार्ग पर धीरे-धीरे बढ़ रहा था और उसे अपने पिता से दूरी बनाए रखनी पड़ रही थी क्योंकि वह सूर्य देवता के झुलसा देने वाले प्रकाश को सहन नहीं कर सकता था। अपने सामने की कतारों की तीसरे दर्ज़े की नौटंकियों से बेख़बर, मैं फ़ाएथोन की नियति के बारे में ज़ोर-ज़ोर से बर्रा रहा था। पछतावा? नहीं! बिल्कुल नहीं? कोई भी बेवकूफ़ द्इंडिया की आँखों में वह डर देख सकता था, घायल हिरनी जैसी आँखों में, और बेशक मैं अभी भी उसे अपनी आँखों के सामने देख सकता हूँ, उसकी आवाज़ हमेशा की तरह स्पष्ट, लेकिन कोमलतर। सिर्फ़ उसकी आँखों के पीछे मैंने दूसरी आँखें देखीं और मैं उनसे उस देवता के पुत्र के बारे में बोल रहा था जिसने अपने पिता के रथ में पृथ्वी की परिक्रमा करनी चाही थी। प्रारंभ से ही स्पष्ट था कि उस पर महाविपत्ति आएगी, कि अपोलो का वह बुद्धिहीन पुत्र अपने स्वर्णिम रथ तथा अग्नि-निश्वासी अश्वों के साथ ध्वस्त होकर गिरेगा। मैं कक्षा में एक फिरकिनी खाते दरवेश की तरह इधर से उधर उछलता रहा, यह मेरा अद्भुत सफल प्रदर्शन था। प्रातः की देवी आउरोरा के नीललोहित द्वार रत्नजटित जूए के तले अपने अश्वों के साथ उस हतभाग युवक, उस पथभ्रष्ट संतान को सीधे मृत्यु के साथ उसके साक्षात्कार के लिए ले जाने को ज्यों पंख लगाकर खुल गए। उसका पतन उन षट्पदियों में लाखों बार दुहराया जाएगा किंतु मेरी आँखों के सामने उद्घाटित होते हुए जीवंत टेलीविज़न नाटक, और निस्संदेह उसमें जो भी भूमिका *मैं* निबाह सकता हूँगा, दोनों के प्रति मैं अंधा था। बहुमूल्य रत्नों से दमकते उस स्वर्ण-रजत रथ पर मैं आरूढ़ था, स्वर्ग के पाँच मंडलों के बीच से उस दुस्साध्य चार अश्वों वाले वाहन की वल्गा मैं थामे हुए था। मेरे पिता, सूर्यदेवता, ने क्या कहा था? बहुत ऊँचे नहीं, नहीं तो तुम स्वर्ग के आच्छादन को जला डालोगे, बहुत नीचे नहीं, नहीं तो तुम पृथ्वी

को झुलसा दोगे...किंतु मैं प्रस्थान कर चुका हूँ, मैं आनंदित हिनहिनाहटों से गूँजते पवन के बीच से अग्रसर होता हूँ, मैं सुमों से झंझावात उठता हुआ देखता हूँ जब वे मेघों को क्षुरप्र की तरह काटते चलते हैं, और फिर सब समाप्त हो जाता है, रथ आकाश के आरपार लड़खड़ाता है, अपनी शाश्वत प्रदक्षिणा से च्युत चकराता हुआ, प्रकाश हर दिशा में, प्रत्यावर्तित होता हुआ, अश्व मानो हवा को पकड़ने का प्रयास करते हुए, नक्षत्रमंडल के ऋक्षराज की खाल ताप से झुलसती हुई। मैं अनुभव करता हूँ अंधकार कैसे मुझे नीचे खींचे लिए जाता है, मैं जानता हूँ मैं ध्वस्त हूँगा; देश, पर्वत, सब कुछ एक अस्त-व्यस्त वज्रपात में मेरे समीप से सवेग चले जाते हैं, मेरी लपटों से वन दग्ध हो जाते हैं, मैं दैत्याकार वृश्चिक का विषाक्त, काला प्रस्वेद देखता हूँ जब वह मुझे काटने के लिए अपना दंश उठाता है, पृथ्वी अग्निग्रस्त हो जाती है, शाद्वल जल कर श्वेत भस्म हो जाते हैं, एत्ना पर्वत प्रत्युत्तर में मुझपर अग्नि उगलता है, पर्वतों की चोटी का हिम पिघलने लगता है, नदियाँ उबल कर अपने तट डुबो देती हैं, मैं वेध्य संसार को अपने साथ अपनी नियति की ओर खींच लेता हूँ, धधकता हुआ रथ मेरा शरीर झुलसा देता है, बाबुली फ़रात जल रही है, मृत्यु के आतंक से नील पलायन करती है और अपना उद्गम छिपा लेती है, सारी सृष्टि विलाप करती है, और फिर द्यौपितर अपना प्राणघातक विद्युत वज्र चलाता है जो मेरे शरीर को विदीर्ण करता हुआ निकल जाता है, मुझे दग्ध करता, जलाता हुआ, मुझे जीवन-रथ से बाहर धकाता, फेंकता हुआ, अश्व मुक्त हो जाते हैं और मैं एक धधकते तारे जैसा पृथ्वी पर फेंक दिया जाता हूँ, एक फुफकारती हुई धारा में मेरा शरीर विस्फोटित होता है, मेरा शव जल में एक झुलसी हुई शिला बन जाता है...अचानक मुझे भान होता है कि कमरे में कितनी चुप्पी है। वे सब मुझे इस तरह देखते हैं जैसे उन्होंने पहले मुझे कभी देखा न था। और अपना संतुलन फिर पाने के लिए, मैं उन आँखों की ओर पीठ फेर लेता हूँ, हरी वालियों से भी, और ब्लैकबोर्ड पर लिखता हूँ जैसे उनके सामने खुली किताबों में भी यह न लिखा हो :

HIC · SITUS · EST · PHAETHON · CURRUS
AURIGA · PATERNI
QUEM · SI · NON · TENUIT · MAGNIS
TAMEN · EXCIDIT · AUSIS

यहाँ लेटा हुआ है फ़ाएथोन, अपने पिता के रथ का सारथी। यद्यपि वह असफल रहा, किंतु उसने प्रयास किया था। छंद की दृष्टि से वह बहुत शुद्ध नहीं लिखा गया था। और मैंने यह छोड़ दिया था कि मेरा (उसका!) शव जलपरियों द्वारा दफ़नाया गया था—क्यों, यह भगवान ही जानता है।

जब घंटी बजी तो विद्यार्थी फ़ौरन चले गए, सामान्य से ज़्यादा जल्द। मारिआ ज़ेइंस्त्रा मेरी डेस्क तक आई और पूछा : ''तुम क्या हमेशा इतने जोश में आ जाते हो?''

''सॉरी'', मैंने कहा।

''नहीं, मुझे तो बहुत शानदार लगा। और यह कहानी अद्भुत है, मुझे इसका पता नहीं था। क्या इसके आगे भी कुछ होता है?''

और मैंने उसे फ़ाएथोन की बहनों, हेलिआदों के बारे में बताया जो अपने भाई की मृत्यु के दुःख के कारण वृक्षों में बदल गई थीं। ''जैसे तुम्हारा चूहा डिंभकों में बदल गया था, और फिर गुबरैलों में।''

''एक चक्करदार तरीके से। लेकिन वह वही नहीं है।''

मैं उसे बताना चाहता था कितने अद्भुत ढंग से ओविद इस वृक्ष में कायांतरित होने का वर्णन करता है, कैसे उनकी माँ, अपनी बेटियों को आख़िरी बार गले लगाने, चूमने के लिए, उनके बदलते हुए नाक-नक्शों को निर्मित करनेवाली छाल और टहनियों को तोड़ती है, और कैसे डालियों से खून की बूँदें रिसने लगती हैं। स्त्रियाँ, पेड़, खून, अम्बर। लेकिन सब कुछ पहले से ही पर्याप्त जटिल था।

''मेरे वे सारे कायांतर तुम्हारे वाले कायांतरों के लिए रूपक की तरह हैं।''

''मेरे?''

''हाँ, मेरा मतलब है, स्वभाव में। सिर्फ़ देवताओं के बिना। हमारे पास वह करने के लिए कोई नहीं है, सब हमें करना पड़ता है।

''क्या करना पड़ता है?''

''बदलना।''

''हाँ, एकबारगी हम मर जाएँ तो, लेकिन हमें सैक्सटन गुबरैलों की मदद मिल जाती है।''

''हमें लपेटना एक जबर्दस्त काम होगा। उससे एक खासी बड़ी माँसवटिका बनेगी। गुलाबी।'' मैं वह नज़ारा देख सकता था। मेरे छोटे-छोटे हाथ अंदर की

तरफ़ मुड़े हुए, मेरा चिंतक का सिर मेरे पेट में धँसा हुआ।

वह हँसी। ''हमारे पास उसके लिए अलग कर्मचारी हैं। इल्लियाँ, कीड़े। और बहुत परिष्कृत भी।'' वह रुकी। अचानक वह करीब चौदह की लगी। ''क्या तुम किसी परलोक में विश्वास करते हो?''

''नहीं'', मैंने सचाई से जवाब दिया। मैं कहना चाहता था कि मुझे यह भी भरोसा नहीं था कि हमारा अस्तित्त्व है भी या नहीं, और मैंने निश्चय किया और कह डाला।

''ओह, बकवास।'' बहुत उत्तरी-हालैंडी लगा। लेकिन अचानक उसने मुझे मेरे कोट के गरेबानों से पकड़ लिया।

''चलो कुछ पिएँ।'' और उसी साँस में, मेरे सीने में अपनी उँगली चुभोते हुए : ''और फिर इसके बारे में? क्या इसका भी अस्तित्त्व नहीं है?''

''यह मेरा शरीर है,'' मैंने कहा। उसमें पंडिताऊपन की ध्वनि थी।

''हाँ, ईसा मसीह ने भी यह कहा था। तो तुम मानते हो कि इसका अस्तित्त्व है।''

''हाँ हाँ।''

''तो तुम उसे क्या कहते हो? 'मेरा', 'मैं', इस तरह का कुछ?''

''क्या तुम्हारा मैं वही है जो दस बरस पहले थे? या वही है जो आज से पचास बरस बाद रहेगा?''

''मैं उम्मीद करती हूँ कि तब तक जा चुकी हूँगी। लेकिन तुम मुझे ठीक-ठीक बताओ कि फिर *तुम* क्या सोचते हो कि हम क्या हैं।

''गिली-जुली, अंतहीन बदलती हुई स्थितियों, अवस्थाओं और प्रकार्यों का एक समूह जिसे हम 'मैं' से संबोधित करते हैं। मैं और क्या कह सकता हूँ? हम इस तरह व्यवहार करते हैं कि वह स्थिर और अपरिवर्तनशील हो, लेकिन जब तक उसे तज न दिया जाए वह हमेशा बदलता रहता है। लेकिन हम उसे 'मैं' कहे चले जाते हैं। दरअसल यह शरीर का एक तरह का पेशा है।''

''वाह।''

''नहीं, सचमुच मेरा मतलब यही है। इस कमोबेश बेतरतीब शरीर को या कार्यों को संपादित करने वाले इस पुंज को इसके समूचे जीवन-काल में मैं होना पड़ता है। यह एक तरह का पेशा, व्यवसाय-सा लगता है कि नहीं? क्या तुम

इससे राज़ी नहीं हो?"

"मुझसे पूछो तो तुम कुछ पागल हो," उसने कहा। "लेकिन तुम कहानी अच्छी कहते हो। और अब मुझे कुछ पीना है।"

ठीक है, वह सोचती थी कि मैं एक अजीब दोपाया हूँ लेकिन मेरे झुलसे हुए फ़ाएथोन से वह प्रभावित हुई थी, मैं बहुत स्पष्टतः उपलब्ध था और वह बदला लेने पर आमादा थी। जो चीज़ ग्रीक त्रासदियों को महान बनाती है वह यह है कि इस तरह की मनोवैज्ञानिक मूर्खताएँ उनमें बिल्कुल व्याप्त नहीं होती। मैंने उसे यह भी बताना चाहा था लेकिन बदक़िस्मती यह है कि हमारी बातचीतें अधिकतर उन चीज़ों से बनी होती हैं जिन्हें हम कहते नहीं हैं। हम वंशज हैं, हमारे जीवन मिथकीय नहीं हैं बल्कि मनोवैज्ञानिक हैं। और हमें सब ज्ञात रहता है, हम ही अपने ग्रीक नाटकों जैसे समूहगान हैं।

"इस मामले में जिस चीज़ से सबसे ज़्यादा नफ़रत है," वह बोली, "वह यह है कि यह कितना घिसा-पिटा है।" ज़ाहिर है कि वह हेफ़र्स्ट और दूइंडिया के बारे में कह रही थी और अभी मुझे पूरी तरह से यकीन नहीं था कि उसकी बात सही है। जो चीज़ बेशक सबसे खराब थी वह थी दूइंडिया की पहेली। बाकी सब—जवान, खूबसूरत छात्रा और मास्टर—यह घिसा-पिटा था। पहेली उस शक्ति में थी जो उस छात्रा ने अख्तियार कर ली थी।

"समझ रहे हो न?"

हाँ, मैं इसे खूब समझ सकता था। जो मैं नहीं समझ सकता था, लेकिन जो मैंने कहा नहीं, वह यह था कि सब लोगों को छोड़कर दूइंडिया ने इस मूर्खाधिराज को क्यों चुना। लेकिन प्लेटो ने पहले ही इसका जादुई नुस्ख़ा दे रखा था। प्रेम उसमें होता है जो करता है, उसमें नहीं जिससे किया जाता है। यह अब हमेशा उसकी ज़िंदगी का हिस्सा रहेगा, यह ग़लती तो थी, लेकिन उसे उसका हक़ था। मेरे लिए यह सिर्फ़ ठीक था, अपने जीवन में मैं पहली बार प्रेम से मिलती-जुलती किसी चीज़ के नज़दीक आया था। मारिआ ज़ेइंस्त्रा मुक्त व्यक्तियों में से थी और अपनी आज़ादी को मानकर चलती थी; वह हर चीज़ में सीधे-सीधे चलती थी, मुझे ऐसा लगता था जैसे मेरा पहली बार डच लोगों से साबका पड़ रहा था,

या आम जनता से। लेकिन आदमी ऐसी चीज़ें कह नहीं सकता।

वह मेरी चार दीवारों के बीच मेरी चार हज़ार किताबों के पास एक थमी-हुई नृत्य-भंगिमा में खड़ी हो गई और बोली : "मैं खुद कोई सड़कछाप अनपढ़ नहीं हूँ, लेकिन यह तो अति है। क्या तुम अकेले रहते हो?"

"चमगादड़ के साथ," मैंने कहा। 'चमगादड़' मेरी बिल्ली थी। "तुम उसे शायद ही देख पाओ, वह बहुत शर्मीली है"। पाँच मिनट बाद वह सोफ़े पर लेटी हुई थी और चमगादड़ उस पर पसरी हुई थी, सूर्य की अंतिम किरणें उसके लाल बालों को दूसरे ही लाल बालों में बदलती हुईं, दो गुड़ी-मुड़ी शरीर, घुरघुराते और फुसफुसाते हुए, और मैं वहाँ खड़ा रहा जैसे अपनी किताबों के ताकों का विस्तार होऊँ, उनकी अनुमति की प्रतीक्षा करता हुआ। अब तक पढ़ाकू, कुछ-कुछ वायवीय औरतें ही मेरी दुनिया में आई थीं, दब्बू से लेकर चिड़चिड़ी, और सब यह बताने में बहुत कुशल थीं कि मेरे साथ क्या गड़बड़ी थी। "पोंगा पंडित", या "मुझसे पूछो तो तुम देखते भी नहीं हो कि मैं यहाँ हूँ या नहीं" की शिकायतें अक्सर सुनने में आतीं, साथ में यह भी कि "क्या तुम्हें *हर* वक्त पढ़ना ही होता है" या "तुम क्या किसी दूसरे के बारे में सोचते ही नहीं?" ख़ैर, सोचता तो था, लेकिन उनके बारे में नहीं। इसके अलावा मुझे तत्काल अपनी पुस्तकों पर लौटना ही पड़ता था क्योंकि अधिकांश लोगों की संगत, एक बार जब सारी प्रत्याशित घटनाएँ हो चुकी हों तो मेरी ओर से कोई बातचीत प्रेरित नहीं कर पाती। सच तो यह है कि मैं लोगों से तथाकथित पिंड छुड़ाने में उस्ताद हो चुका था इसलिए परिणामस्वरूप मेरी मंडली मानव-जाति में मात्र उन महिलाओं तक सीमित हो गई थी, जो मुझ जैसा ही सोचती थीं। चाय, हमदर्दी, चाह, और आख़िर में किताबों के पन्ने पलटना। लाल बालों वाली घुरघुराती हुई औरतें जो सैवराटन गुबरैलों और डिंब-प्रकोष्ठों के बारे में सब जानती थीं अलग थीं, विशेषतः यदि वे दीवान पर मेरी बिल्ली के साथ उदरों, स्तनों, फैली हुई बाँहों, हँसती हुई हरी आँखों के एक लहराते हुए सिलसिले में कुंडली मारकर लेटी हुई हों, मुझे अपनी ओर खींच लेती हों, मेरा चश्मा हटाती हों, मेरी धुँधली दृष्टि में बदलते हुए रंगों के आधार पर अपने कपड़े उतारती हों, और वह सब कह रही हों जो मैं ठीक समझ न पा रहा होऊँ। शायद मैंने वह चीज़ें भी कहीं हों जो ऐसे हालात में लोग कहते हैं। मैं इतना ही जानता हूँ कि सारे वक्त हर चीज़ बदल रही थी, और यह सुख

जैसा कुछ-न-कुछ रहा ही होगा। जब वह निपट गया तब मुझे ऐसा लगा जैसे मैं खाड़ी में तैर कर आया हूँ। मैंने अपना चश्मा खोज लिया और उसे लहराते हुए जाते देखा। चमगादड़ मेरी तरफ़ इस तरह से देख रही थी जैसे उसमें बोलने की कूवत आने ही वाली हो, मैंने काल्वादोस की आधी बोतल ख़त्म की और रिकॉर्ड-प्लेयर पर 'रितोर्नो दूउलिस्से इन पात्रिआ' तब तक बजाता रहा जब तक कि मेरे नीचे रहनेवालों ने पैर पटकना शुरू नहीं कर दिया।

वासना की स्मृति सबसे छलपूर्ण होती है, एकबारगी जब वासना सिर्फ़ एक विचार बनकर रह जाती है तो वह स्वयं अपना विरोधाभास हो जाती है : अनुपस्थित, लिहाज़ा विचार से परे। मैं जानता हूँ कि मैंने सहसा स्वयं को इस शाम देखा, एक आदमी, एक घनाकार में अकेला, लगे हुए कई घनाकारों में रहनेवाले इंसानों से घिरा हुआ, और दसियों हज़ार पृष्ठ मेरे चारों ओर, वास्तविक या आविष्कृत व्यक्तित्वों की उन्हीं, लेकिन हमेशा स्पष्ट, भावनाओं के वर्णन से भरे हुए। मैं अपने आप से विचलित हो गया। मैं कभी ऐसा एक भी पन्ना नहीं लिख पाऊँगा लेकिन जो भावना मैंने उन पिछले घंटों में महसूस की थी वह हमेशा के लिए मेरी थी। उसने मुझे एक ऐसा लोक दिखाया था जो मेरे लिए अब तक बंद था। मैं अब भी उससे बाहर था लेंकिन कम-से-कम मुझे उसकी एक झलक दिख सकी थी। 'झलक' एक ग़लत शब्द है। सुन पाया था। उसने एक ऐसा स्वर छेड़ा था जो इस संसार का नहीं था, जिसे मैंने पहले कभी नहीं सुना था। वह एक बच्चे की आवाज़ थी और साथ ही एक ऐसी पीड़ा की जिसे कोई शब्द अभिव्यक्त नहीं कर सकते। जहाँ से वह आवाज़ आ रही थी वहाँ जीना असंभव था।

शाम मेरी स्मृति में, शाम लिस्बन में। शहर की बत्तियाँ जल चुकी थीं, मेरी आँखें सड़कों पर उड़ती हुई एक चिड़िया जैसी थीं। वहाँ ऊपर ठंडक हो गई थी, बगीचों से बच्चों की आवाज़ें जा चुकी थीं; मैंने प्रेमी-युगलों की गाढ़ी छायाओं को देखा, आलिंगनबद्ध मूर्त्तियाँ, अलसाए-से चलते द्विमानव। Ignis mutat res—अग्नि पदार्थों को परिवर्तित करता है—मैं बुदबुदाया, लेकिन दुनिया की कोई आग *मेरे* पदार्थ को नहीं बदल सकती। मैं पहले ही बदल चुका था। मेरे आसपास जलना और पिघलना हो रहा था, दूसरे दो-सिरों वाले ज़िंदा हो गए थे, लेकिन बहुत पहले

मैं अपना दूसरा, इतने लाल बालों वाला सिर खो चुका था, मेरा अर्धनारी अंश टूट कर गिर चुका था, मैं एक तरह की अधजली चीज़, एक अवशेष बन गया था। मेरे यहाँ होने, इस शायद चाही या अनचाही यात्रा पर होने की वजह, उन पिछले दिनों की तीर्थयात्रा भी हो सकती थी, और यदि ऐसा था तो एक मध्ययुगीन यात्री की तरह मुझे मेरे स्वल्प पावन जीवन के हर स्थान पर जाना होगा, उन सारे पड़ावों तक, जहाँ अतीत का एक चेहरा था। नीचे शहर की बत्तियों की तरह मैं नदी तक उतरूँगा, अँधेरे की चौड़ी, गुप्त धारा तक, जिसके ऊपर थिरकती हुई बत्तियाँ अपना रास्ता खोजती थीं, किसी ब्लैकबोर्ड पर दमकते अक्षरों की तरह। आगमन और प्रस्थान के एक अतिचार में वह हमेशा इन छोटी नावों में बैठना चाहती रहती थी। बार-बार हम शहर को दूर धुँधलाता देखते, फिर दुबारा दूसरी तरफ़ पहाड़ियाँ और गोदियाँ, घाट, और इस तरह लगता था कि हम सिर्फ़ पानी पर रहनेवाले हैं, कामगारों के बीच दो छिछोरे बेवकूफ़, बेवकूफ़ जो वास्तविक संसार का नहीं बल्कि जल को छुरा-सा घोंपते हुए सूर्य का, उसकी पोशाक को खींचती हुई हवा का हिस्सा थे। यह उसकी सूझ थी, उसने मुझे निमंत्रित किया था। हमें साथ में यात्रा नहीं करनी थी, उसे कोइम्ब्रा में एक बायलॉजी-सम्मेलन में हिस्सा लेना था जिसके बाद वह कुछ दिन लिस्बन में बिताने वाली थी, जहाँ मुझे उसके साथ होना था।

"और तुम्हारा पति?"

"बास्केटबॉल टूर्नामेंट।"

एस्खिलुस के जरिए मैं प्रतिशोध को जानता था लेकिन बास्केटबॉल के बारे में मुझे कुछ पता न था। उसके साथ रहने के वास्ते मुझे खेलकूद की पोशाक पहने हुए एक कवि के साये को बर्दाश्त करना पड़ता था, लेकिन जो एक बार एक प्रेमी का भेस धारण कर लेता है उसे सब खाना और पीना पड़ता है, तश्तरियाँ भर-भर के भटकटैया, सिरके की शीशियाँ। पहली शाम मैं उसे 'रुआ दा मिज़ेरी कोर्दिआ' के 'तावारेस' रेस्तराँ ले गया था। एक छोटे सुनहरे कमरे में एक हज़ार आईने। यदि आज मैं फिर वहाँ जा रहा हूँ तो यह कोई आत्मपीड़न नहीं है। मैं सत्यापन के लिए जाऊँगा। मैं अपने को देखना चाहता हूँ, और बेशक, यह रहा मैं, आईनों के एक जंगल में प्रतिबिंबित जो मेरे कंधों को दूर और दूर फेंक रहे हैं, फ़ानूसों की बत्तियाँ मेरी चश्मों वाली हज़ारों आँखों में दमक रही हैं। मुझे

जब मेरी मेज़ तक ले जाया जाता है तो वेटरों की एक भारी भीड़ मेरे इर्द-गिर्द मँडराती है, दर्जनों हाथ दर्जनों मोमबत्तियाँ जलाते हैं, मुझे दर्ज़नों मेनू दी जाती हैं और सेर्सिअल के पंद्रह प्याले, और अंत में जब मुझे अकेला छोड़ दिया जाता है तो मैं अपने को कई गुना आकारों में देखता हूँ, मेरी भद्दी पीठ, बगल में दिखता मेरा कपटी चेहरा, मेरे एक प्याले की ओर बढ़ते हुए मेरे असंख्य हाथ, मेरे असंख्य प्यालों की ओर। लेकिन वह मौजूद नहीं है। आईने कुछ नहीं कर सकते, वे अपने भीतर कुछ नहीं रख सकते, न ज़िंदों को न मुर्दों को, वे काँच के बने घृणित गुलाम हैं, ऐसे गवाह जो लगातार झूठी शहादत देते हैं।

वह तब खूब उत्तेजित हो गई थी, अपना सिर इस तरफ़ या उस तरफ़ झुका रही थी, अलग-अलग कोणों से देख रही थी, अपने बदन को इस तरह आँक रही थी जैसे सिर्फ़ औरतें कर सकती हैं, उसे इस तरह देखती हुई जैसे दूसरे देख रहे थे। वे सारी लाल बालों वाली औरतें उस रात को मेरे साथ सोएँगी, जो सबसे परे हैं वे सभी, हड़बड़ाते हुए वेटरों के काले मैदान में लाल धब्बों-जैसी, और मैं, मैं लगातार छोटा हो रहा था, और जब उसने अपना हाथ मेरे हाथ पर रखा और जब ये सारे हाथ कोमलता से उस प्रतिबिंब पर से लहराए तो उसके चेहरे पर मैं नहीं था, मेरे आयाम छोटे हो रहे थे जबकि उसके बढ़ रहे थे, वह बैठे हुए दूसरे लोगों और वेटरों की निगाहें सोख रही थी, वह पहले कभी इतनी अपने वजूद में नहीं रही। वह आईनों को इतना बसा रही थी कि मैं उसे उनमें खोज रहा था, लेकिन उसे देख नहीं पा रहा हूँ। यह जो आदमी मुझे तक रहा है इसके चमकते हुए माथे के पीछे के अभिलेखागारीय सॉफ्टवेयर में कहीं वह है, बतियाती, हँसती, खाती, वेटरों से छेड़छाड़ करती हुई, एक ऐसी औरत जो अपने ओह उफ़ इतने सफ़ेद दाँतों से पोर्ट को काट रही थी जैसे वह शराब न हो, गोश्त हो। मैं इस औरत को जानता हूँ, वह अभी वह अजनबी नहीं है जो वह बाद में हो जाएगी। उस शाम हम टहलने निकले थे, बीस साल बाद भी उस रास्ते को दुबारा खोजने के लिए डबलरोटी के टुकड़ों की ज़रूरत नहीं पड़ी थी, मैं अपनी चाहत की घूमकर जाती हुई राह लेता हूँ। मैं 'प्राचा दो कोमेर्सिओ' पर बने उस विचित्र ढाँचे की ओर आकृष्ट हुआ जहाँ धीरे-धीरे थपेड़ें खाते हुए जल के बीच से दो स्तंभ उभरते हैं जैसे समुद्र और उसके पार के विश्व के मार्गद्वार हों। तानाशाह का नाम संगमर्मर पर खुदा है लेकिन वह अपने बेमौज़ूँ साम्राज्य

के साथ ग़ायब हो चुका है, जल अब दोनों खंभों को धीरे-धीरे कुतर रहा है। क्या तुम मेरी क्रियाओं के कालों का ध्यान रख सकती हो? वे सभी भूतकाल से संबोधित हैं, मेरे विचार भटक रहे हैं, माफ़ करना। यह रहा मैं, फिर, अपूर्ण जो भूतकाल में भूतकाल पर सोचता है, पूर्ण भूतकाल पर अपूर्ण भूतकाल। यह वर्तमान एक भूल थी, यह सिर्फ़ अभी पर, तुम पर लागू होता था, भले ही तुम्हारा कोई नाम न हो। आखिरकार हम दोनों यहाँ वर्तमान हैं, अभी भी।

मैं वहाँ बैठा जहाँ मैं उसके साथ बैठा था और मैंने स्मृति में उसका आह्वान किया किंतु वह नहीं आई, मेरे पास जो था वह था शक्तिहीन शब्दों का एक विस्तार जो एक बार फिर उसके बालों के रंग को सूचित करना चाहते थे, सिंदूरी, अखरोटी, रक्तिम, गुलाबी लाल, मंडूर, और इनमें से एक भी रंग उसका रंग नहीं था, जब तक मैं उसे देख नहीं पाता था, उसका लाल मुझसे छूट जाता था और उसके बाद भी मैं ऐसा कुछ खोजता रहा जो कम-से-कम उसकी आकृति को दर्ज तो कर सके, जैसे विदा के इस स्थान पर एक दस्तावेज़ लिखा जाना चाहिए था, जैसे यह एक कर्त्तव्य था, एक कार्यभार, लैटिन में ओफ़्फ़ीसिउम। लेकिन मैं कितनी भी कोशिश करूँ, मेरे पास की जगह ख़ाली रही, वैसी ही जिस तरह 'रुआ गारेत' में पेस्सोआ की मूर्ति के पास 'काफ़े आ ब्रासिलेइरा' के सामने वह कुर्सी। कम-से-कम पेस्सोआ का अकेलापन तो स्वयं का चुना हुआ था, यदि कोई उसकी बगल में बैठा होता तो वह खुद ही होता, उसके साथ बैठकर चुपचाप और सायास आमरण पीने के लिए उसके तीन स्वरूपों में से आया हुए एक, उस पर के अँधेरे सायों में, काले चमड़े और पीतल की सजावट वाली ऊँची कुर्सियों, अलग-अलग नामों के मिथ्या दर्पणों, दीवारों पर बहते हुए यूनानी मंदिरों, और ए. रोमेरो द्वारा बनाई गई उस छोटे से कमरे में बिल्कुल पीछे लगी हुई ज़बर्दस्त दीवार-घड़ी के बीच, जो समय को वैसे ही पीती थी जैसे कैफ़े के ग्राहक अपने छोटे, सफ़ेद प्यालों से काला, मीठा मृत्युपेय पीते थे।

मैंने याद करने की कोशिश की कि उस शाम हम दोनों ने किस पर बातें की थीं लेकिन यदि मेरी याददाश्त पर भरोसा किया जा सकता है तो हमने कुछ पर भी बात नहीं की थी, हम चुपचाप उन लोगों के बीच बैठे हुए थे जो अब भी यहाँ बैठे हुए हैं, ऊँघता हुआ लॉटरी बेचनेवाला, जल के किनारे फुसफुसाते हुए नाविक, अपने आह बहुत धीमे रेडियो के साथ वाले एक आदमी की आकृति,

वे दो युवतियाँ अपने रहस्यों के साथ। नहीं, यह रात उन शब्दों को वापस नहीं ला सकती, वे संसार में कहीं और तैर रहे हैं, उन्हें दूसरे ओठों के लिए, दूसरे वाक्यों के लिए चुराया जा चुका था, वे झूठों का, अखबारों की रपटों का, ख़तों का हिस्सा बन चुके थे, या वे दुनिया के किसी-न-किसी सुदूर तट पर बहा दिए गए थे, थोथे, निरर्थक, अबूझ।

मैं उठा, अपनी उँगलियाँ स्तंभ के उस घिसे हुए आलेख पर फिराईं जिसमें एक ऐसे साम्राज्य की बात कही गई थी जो शाश्वत रहने वाला था, मैंने पानी को अँधेरे में घटते हुए, शहर को एक खोखले मुर्दे की तरह तजते हुए देखा, एक ऐसी सीप की तरह जिसमें मैं रेंग सकता था यदि मेरा बिस्तर किसी और शहर में, किसी दूसरे, और अधिक उत्तरी सागर के तटों पर न होता। रात में काम करनेवाले होटल के आदमी ने मेरा इस तरह स्वागत किया जैसे उसने मुझे कल और परसों भी देखा था और मेरे माँगने से पहले ही उसने मेरे कमरे की चाबी दे दी। मैंने बत्ती नहीं जलाई और ऐसे आदमी की तरह टटोलता रहा जो अचानक अंधा हो गया हो। मैं अपने आप को आईने में नहीं देखना चाहता था और मैं कुछ पढ़ना नहीं चाहता था। और शब्दों के लिए जगह नहीं थी। मैं कितनी देर तक सोया मुझे पता नहीं, लेकिन मुझे फिर लगा कि एक वर्णनातीत शक्ति मुझे खींच रही थी या मैं एक ऐसी धारा में बहा जा रहा था जिसमें मुझ सरीखा कच्चा तैराक लाचार था, एक प्रचंड, सर्वग्रासी लहर ने मुझे एक सूने तट पर फेंक दिया। वहाँ मैं बहुत निश्चल लेटा रहा, मेरे चेहरे से पानी टपकता हुआ और उन आँसुओं के बीच से मैंने खुद को अम्स्टर्डाम में अपने बिस्तर में लेटा हुआ देखा। मैं सोया, अपना सिर इधर और उधर घुमाता हुआ, और रोता रहा, मेरे बाएँ हाथ में अब भी अखबार का वह फ़ोटो था। मैंने उस छोटी जापानी अलार्म-घड़ी को देखा जिसे मैं हमेशा अपने बिस्तर के पास रखता हूँ। यह किस तरह का समय हो सकता है जिसमें समय बीतता नहीं है? जिस वक्त मैं सोने गया था उससे बिल्कुल ज़्यादा वक्त नहीं हुआ था। मेरे पैताने जो अँधियारा आकार है वह उस चमगादड़ का उत्तराधिकारी उल्लू ही होना चाहिए। मैं देख सकता था कि अम्स्टर्डाम वाला आदमी जागना चाहता था, वह करवटें बदल रहा था, उसका दाहिना हाथ अपना चश्मा ढूँढ रहा था, लेकिन वह वह नहीं था जिसने बत्ती जलाई थी, वह मैं था, यहाँ लिस्बन में।

This is, I believe, *it* : not the cruel anguish of physical death but the incomparable pangs of the mysterious manoeuvre needed to pass from one state of being to another.

Easy, you know, does it, son.

मुझे विश्वास है कि *वह* यही है : भौतिक मृत्यु की क्रूर पीड़ा नहीं वरन् उस रहस्यमय युक्ति की अद्वितीय कसकें जो अस्तित्व की एक अवस्था से दूसरी अवस्था में गुज़रने के लिए आवश्यक होती है।

इसे आराम से करना होता है, समझते हो, बेटे।

व्लादीमीर नाबोकौफ़
'ट्रांस्पेरेंट थिंग्ज़'

2

जो भी तीस विद्यार्थियों की कक्षा पर नियंत्रण रखने का अभ्यस्त है वह तुरंत देख लेना भी सीखा हुआ होता है। एक लड़का, दो बूढ़े, दो मेरी उम्र के। एक औरत, जो कुछ विरक्त-सी खड़ी थी, महत्त्वपूर्ण होने का धोखा देने वाले चेहरे-मोहरे वाली—उसका वर्गीकरण कर पाना कठिन था, शायद पहली धारणा ही ठीक थी : महत्त्वपूर्ण-सी दिखने वाली। उसने उस डोंगी को इशारे से बुलाया जो हमें उस जहाज तक ले जाने वाली थी जिसने आगे धारा में लंगर डाल रखा था। अभी भी सुबह थी, हल्का कुहासा, जहाज़ एक धुँधला काला आकार। जो चीज़ मुझे सबसे ज़्यादा विलक्षण लगी वह थी लड़के के चेहरे के भाव की तीव्रता, बंदूक की नलियों सरीखी दो आँखें। मैं उन आँखों को जानता हूँ, उन्हें आदमी मेसेता के ऊँचे इस्पानी मैदान पर देख सकता है। वे ऐसी आँखें हैं जो दूर तक देख सकती हैं, सूरज की सफ़ेद रोशनी में। अभी तक कोई बातचीत नहीं हुई थी। हम फ़ौरन समझ गए थे कि हम साथी हैं। मेरे सपने हमेशा परेशान कर देने वाले ढंग से ज़िंदगी के समान रहे हैं, मानो मैं नींद में भी नया कुछ नहीं सोच सकता, लेकिन अब मामला उलटा था, अंततः अब मेरा जीवन किसी सपने की तरह था। सपने बंद प्रणालियाँ होते हैं जिनमें सब-कुछ बराबर हो जाता है।

मैंने दक्खिनी किनारे पर ऊपर बनी, बाँहें फैलाए हुए, कूद पड़ने को तैयार ईसा की विचित्र मूर्ति को देखा। "कूद पड़ने को तैयार" यही कहा था उसने। मूर्ति को दुबारा देखकर मुझे अचानक याद आया कि उस शाम जल के किनारे हमने क्या बातें की थीं। उसने मुझे मस्तिष्क, कोशिका, आवेग, अनुमस्तिष्क,

मस्तिष्क के बाहरी भूरे धूसर भाग आदि सबको समझाने की कोशिश की थी, कसाई की उस पूरी परिष्कृत दुकान को, जो कथित रूप से हमारे करने और न करने को संचालित और नियंत्रित करती है, और मैंने उससे कहा था कि मैं भूरे हिस्से सरीखे मुहावरे को भयानक मानता हूँ, और कोशिका के लिए जो शब्द 'सैल' इस्तेमाल किया जाता है उससे मुझे उसके दूसरे अर्थ कैदखाने की कोठरी की याद आती है, और मैंने चमगादड़ को हमेशा खून से भरी नसों से बनी जैसी दिखने वाली भेजे की पुडिंग खिलाई है, क़िस्साकोताह मैंने साफ़ कर दिया कि मेरी विचार-प्रक्रिया के लिए यह ठीक-ठीक जानना क़तई अनिवार्य नहीं था कि मस्तिष्क नामक उस समुद्रसोख जैसे अंग की कौन-सी झिरियाँ सक्रिय की जा रही थीं। उस पर उसने कहा था कि मैं मध्ययुग के मानवों से भी गया-बीता था, कि वेसालिउस के नश्तर ने मुझ-सरीखे आध्यात्मिक दरिद्रों को बहुत पहले उनके शरीरों के कैदख़ानों से मुक्त कर दिया था, जिस पर बेशक मैंने जवाब दिया था कि उसके सारे तेज़ चाकू-छुरे और लेज़र-किरणें कभी भी स्मृति के गुप्त साम्राज्य में पैठ नहीं पाए थे और मेरे लिए स्मृति-विज्ञान उस धारणा से कहीं वास्तविक था कि मेरी सारी स्मृतियाँ, ख़ुद उसकी भी उन यादों सहित जो मुझे बाद में आएँगी, एक भूरे, मटमैले या पीले-सफ़ेद, एक गोल, फूले हुए और कुल मिलाकर बहुत-कुछ लिसलिसे तत्त्व की गुल्लक-सरीखी में बंद थीं, और तब उसने मुझे चूम लिया था, मैं उन लाचार कर देने वाले, खोजते हुए, चाहते हुए होंठों के प्रति कुछ बुदबुदाया था लेकिन उसने मेरे हमेशा बकनेवाले मुँह को यकबारगी अपने मुँह से बंद कर दिया था और हम वहाँ तब तक बैठे रहे थे जब तक उषा की गुलाबी उँगलियों ने नदी के सुदूर किनारे की उस ईसा की आकृति को छू नहीं लिया था।

बूढ़े घटवार ने, जो हमें पार करवा रहा था, नाव का इंजन चलाया, शहर हमारे पीछे डूबता चला गया। उस बड़े जहाज़ पर भी हम पास-पास रहे, हमें हमारे केबिन दिखाए गए, और कुछ मिनट बाद हम डेक पर आ गए, हर व्यक्ति ने रेलिंग पर अपनी जगह चुन ली, एक विचित्र कृत्तिका के आकार जैसी, और उस नक्षत्रमंडल में वह लड़का सबसे दूर का तारा बन गया क्योंकि उसने दबूसे पर सबसे आगे की जगह ले ली थी, जैसे उसके सँकरे कंधे धरती के अदृश्य होते हुए बिंदु को दर्शा रहे थे। जब वह घूमा तब *मैं* देख सका कि वह कौन था,

बाज़ू से उसकी शक्ल रोम के विला आल्बानी में उकेरे गए इकारुस जैसी थी, शरीर बच्चों से कुछ ही ज़्यादा विकसित, थोड़ा अधिक बड़ा सिर, दाहिना हाथ पिता द्वारा ताज़ा बनाए गए अपशकुनी पंखों पर टिका हुआ। और मानो उसने मेरे विचार सुन लिए हों, लड़के ने अपना हाथ जहाज़ के बिना झंडेवाले खंभे पर रख दिया जो छूटती हुई धरती की तरफ़ इशारा कर रहा था। क्योंकि वह वैसा ही हुआ था, हम निश्चल खड़े थे, और बेलेम मीनार, शहर की पहाड़ियाँ, नदी का चौड़ा मुहाना, प्रकाश-स्तंभ वाला छोटा टापू, वे सब एक बिंदु में निगले जा रहे थे, समय गोचर संसार को इस तरह सिकोड़ रहा था कि वह एक बीतती हुई, हमेशा धीरे-धीरे लंबाई गई चीज़ हो। एक धीमापन जो तेज़ी था, तुम किसी दूसरे से बेहतर जानती हो, क्योंकि तुम्हें हमेशा इस स्वप्न-समय में रहना है जिसके सिकुड़न-संकुचन और विस्तार दोनों इच्छानुसार एक-दूसरे को रद्द करते चलते हैं।

उधर ज़मीन का आखिरी धब्बा भी क्षितिज से अदृश्य हो गया, तब भी हम वहीं अचल खड़े रहे, सिर्फ़ जहाज़ की गति से उपजा फेन और महान हिचकोले खाते नृत्य का आरंभ ही हमारी गतिहीनता को झुठला रहे थे। समुद्र का जल काला दिख रहा था, वह चकराता, उछलता, वापस अपने आप में तैरता, फहराता और लिपटता, तरल धातु की चमकती चादरें ध्वनिहीन गिरती हुईं, परस्पर मिलती हुईं, हर लहर एक बक्खर जैसी लकीर बनाती हुई जिसमें अगली आकर समा जाए, निरंतर उसी-उसी में दुर्दांत निरंतर परिवर्तन।

हम सब उस प्रक्रिया को देखते रहे, ये सभी अलग-अलग आँखें, जिन्हें अगले कुछ दिनों में मैं इतनी अच्छी तरह से जानने लगूँगा, जल से सम्मोहित हो गई लगती थीं।

दिनों, अब जब मैं यह शब्द कहता हूँ तो वह कितना हल्का सुनाई देता लगता है। यदि तुम मुझसे पूछो कि सबसे बड़ी साँसत क्या होती है तो मैं कहूँगा कि पैमाने की किल्लत से विदाई। हम नितांत पराधीन हैं। हमारे लिए जीवन बेहद खोखला, बेहद खुला है, हमने सहारे के लिए हर तरह की चीज़ें गढ़ ली हैं : नाम, तारीखें, माप, क़िस्से बस। सो मुझे रहने दो, मेरे पास अपनी रूढ़ियों से अलग कुछ भी नहीं है, इसलिए मैं दिन और घंटों का ज़िक्र करूँगा, यदि हमारी यात्रा उनके आतंक-भरे शासन की चिंता न करती लगे तब भी। अमेरिकी जनजाति सूज़ समय के लिए कोई शब्द नहीं जानती थी लेकिन मैं अभी उस सीमा तक

नहीं पहुँचा हूँ, यद्यपि मैं चीज़ें जल्द सीख लेता हूँ। कभी-कभी सभी-कुछ एक अनंत रात्रि था, और फिर दिन विकल क्षणों की तरह क्षितिज से उड़ जाते थे, सिर्फ़ इतना ठहरकर कि सागर को लाल रंग की हर रंगत में दो बार रंग दें और फिर वापस उसे उतना ही काला छोड़ जाएँ।

पहले घंटों में कोई किसी से कुछ नहीं बोला। एक पादरी, एक हवाई जहाज़ चालक, एक शिक्षक, एक पत्रकार, एक अध्येता। वे एक मंडली बन गए, किसी ने तय किया था या किसी ने भी तय नहीं किया था : इन आईनों में हमें खुद को देखना था। तुम जानती थीं कि हम कहाँ जा रहे हैं ओर यह काफ़ी था कि तुम जानती थीं। लेकिन मैं तुमसे इस तरह की बात नहीं कर सकता, तुम कहानी में हो और नहीं भी हो ये दोनों नहीं हो सकते। और मैं सर्वशक्तिमान नहीं हूँ इसलिए दूसरों के छिपे हुए विचारों में क्या चल रहा था यह मैं नहीं जानता। जहाँ तक मेरा संबंध था वहाँ एक शांति का ऐसा वातावरण था जो कम-से-कम मैंने कभी जाना नहीं था। वे सभी किसी चीज़ में खोए हुए लगते थे, किसी निजी विचार या स्मृति का ध्यान करते हुए, कभी-कभी वे कुछ देर के लिए नीचे अदृश्य हो जाते थे या तुम किसी को दूर जहाज़ के किसी कर्मचारी से बात करते देखते थे या पुल पर इस पार से उस पार चलते हुए। लड़का अक्सर सामने वाली डेक पर दिखता था, वहाँ उसे कोई परेशान नहीं करता था। पादरी लाउंज के एक कोने में कुछ पढ़ता रहता था; अध्येता अधिकतर अपने केबिन में ही रहता था; पाइलट रात में संचालन-कक्ष के पास खड़ा दूरबीन से देखा करता था; पत्रकार शराबख़ाने के आदमी के साथ ताश का जुआ खेलता और शराब पीता; और मैं बाहर लहराते हुए उन अनंत किरमिचों को तकता, विचार करता और दूसरी पुस्तिका की दुर्भावनापूर्ण गीतिकाओं का अनुवाद करता। हाँ, होरेस की, वर्ना किसकी? रोम का पतन, कामुकता, दुराचार, कदाचरण, Quid non imminuit dies? समय से क्या नष्ट नहीं होता? ''आप 'dies' का अनुवाद 'समय' क्यों करते हैं?'' लीज़ा दूइंडिया ने पूछा था।

अभी भी, इस यात्रा के बीच, मैं इस प्रश्न पर मुस्कराया। उसके दिन बीत चुके थे, बहुत पहले ही उसके पास समय नहीं रहा था, फिर भी एक बार हम दोनों मेरी डेस्क के पास आमने-सामने खड़े थे, उसके हाथ में पेन्गिवन क्लासिक्स का जेम्स मिची वाला काव्य-अनुवाद था, मेरे पास अपनी खुद की घसीटन में

लिखी हुई अनूदित पंक्तियाँ थीं, और यहाँ भी मैं उसकी आवाज़ सुन सकता हूँ, उन पाँच लैटिन शब्दों को रूखानी से तराशने-सी, damnosa quid non imminuit dies ? और फिर जिसके बाद उन्हीं शब्दों का उत्तरी, अंग्रेज़ी प्रस्तुतीकरण, जिसके लिए नौ शब्द ज़रूरी थे : Time corrupts all. What has it not made worse ? मैं एक दिन की अद्वितीयता को लेकर, जिसमें सारे दिन समाए रहते हैं, कुछ प्रतिभाशाली कहना चाहता था कि कैसे वह समय की उस प्रचुरता के लिए प्रयुक्त हो सकता है और मैं अपने कैलेंडर को एक न गिनी जा सकनेवाली वस्तु के गिनतारे जैसा बताते हुए अपनी कई मूर्खतापूर्ण बातों में फँस गया था, और अचानक मैंने उसकी आँखों में वह निराशा देखी, वह क्षण, जब विद्यार्थी समझ जाता है कि शिक्षक इधर-उधर की बातें कर रहा है क्योंकि खुद उसे गुत्थी का हल नहीं मालूम। मैं और कुछ देर तक घंटे तथा अवधि के बारे में गोल-मोल करता रहा था लेकिन मैं अपनी बेवकूफ़ी उजागर कर चुका था। जब वह एक औरत की तरह चली गई तब मैं समझ गया कि मैंने एक बच्चे को मायूस किया है, और वह भी मेरे पेशे का हिस्सा है—नाबालिग़ों को ख़राब करना। जब अपनी सत्ता का ह्रास होता है तो हम उन्हें डाँट कर एक ऐसी दुनिया में भेज देते हैं जहाँ कोई जवाब नहीं होते। किसी पर भी वयस्कता थोपना सुखद नहीं होता, ख़ास कर जब किसी पर ताज़गी की सुर्ख़ी हो। लेकिन इधर लंबे अर्से से मैं शिक्षक नहीं रहा।

पादरी रेलिंग के पारा घूम रहा था। ऐसा लगता था कि वह लगभग भारहीन हो चुका है, समुद्र के झकोरों से वह मानो उड़ता दिखता था। उसने अपना परिचय "दोम अंतोनिओ फ़ेर्मी" दिया था और जब मैंने "दोम" शब्द पर कुछ आश्चर्य प्रकट किया था तो उसने समझाया था कि यह "दोमिनुस, बेनेदिक्त संप्रदाय के सदस्य" के छोटे रूप में है। फ़ेर्मी, हैरिस, तंग, मुस्सेर्ट, कार्नेरो, देकोब्रा—ये शब्द हमारे नाम थे। हमने एक-दूसरे को अपने जीवन के हिस्से परोसे थे और अब हम उन सभी अजनबी, अभी तक न पचाए गए टुकड़ों के साथ समुद्र की सैर कर रहे थे। वे दूसरे लोगों के जीवन हो सकते थे, संयोग के दूसरे रूप हो सकते थे। यदि आदमी अकेले यात्रा नहीं करता तो हर यात्रा में वह अजनबियों के साथ होता है।

"मैंने आपको अपने-आप से बात करते देखा," वह बोला।

एक बार फिर, अब की बार प्रकट, मैंने छठवें गीत के आखिरी छंद का पाठ किया, इस विलास को मैं अपने हाथ से जाने नहीं देना चाहता था, मुझे हर रोज ऐसे लोग नहीं मिलते जिनके लिए लैटिन एक जीवित भाषा हो। दूसरी पंक्ति के बाद वह भी अपनी कमज़ोर, बूढ़ों की आवाज़ के साथ शामिल हो गया, समुद्र पर हम दो रोमन सारस बन गए।

''मुझे पता नहीं था कि बेनेडिक्ट संप्रदाय के लोग होरेस भी पढ़ते हैं।''

वह हँसा : ''ज़्यादा तो नहीं, आप जानते ही हैं, लेकिन संत बेनेडिक्ट का अनुयायी होने से पहले हर आदमी कुछ-न-कुछ और तो रहा होता है,'' और फिर नाचता बढ़ गया। अब मैं उसके बारे में थोड़ा और जान गया, लेकिन इस सारी जानकारी का मैं क्या करने वाला था? क्या यह एक ऐसी यात्रा नहीं थी जो मैं अकेले करना चाहता था? मेरे और उन लोगों के बीच कौन-सी साझा चीज़ थी? ''मुझे हज़ारों जीवन मिले और मैंने सिर्फ़ एक लिया,'' ऐसा मैंने कहीं पढ़ा था। क्या इसका अर्थ, मेरे मामले में, यह था कि मैं इनके जीवन भी पा सकता था? बेशक यह मेरा चुनाव नहीं था कि मैं बीसवीं सदी के हॉलैंड में पैदा होऊँ जैसे कि प्रोफ़ेसर तंग का नहीं था कि वे चीनी पैदा हों। निस्संदेह फादर फेर्मी के कैथलिक होने की संभावनाएँ कहीं और के बजाय इटली में ज़्यादा थीं, लेकिन देश इटली ही हो और तीसरी या त्रेपनवीं की जगह बीसवीं सदी ही हो, इस तरह के ब्यौरे बेशक संयोग के नियमों के अधीन थे। क्रोध आता है। काफ़ी हद तक इस सबसे वाबस्ता होने से पहले ही आदमी का वजूद रहता है।

आलोंज़ो कार्नेरो का इस पर कोई बस नहीं था कि स्पेनी गृह युद्ध में उसकी दादी को फ़ासिस्टों ने गोली मार दी, और हम इसी ढंग से अपनी उदाहरण-जैसी आकस्मिकता के आईने एक-दूसरे को दिखाते हुए आगे और आगे बढ़ सकते हैं। यदि मुझे पीटर हैरिस के व्यक्तित्त्व को ''मैं'' कहना पड़ता तो मैं न सिर्फ़ एक पियक्कड़ और लम्पट होता बल्कि तीसरी दुनिया की ऋणग्रस्तता का विशेषज्ञ भी, और यदि मैं उड़ान-कप्तान देकोब्रा होता तो न सिर्फ़ मेरा शरीर खंभे जैसा सुता हुआ होता और मेरी आँखें पैनी नीली होतीं, बल्कि मैं अपने डीसी 8 में कई बार समुद्र पर से उड़ चुका होता, उसी समुद्र पर जिस पर मैं इस बेनाम जहाज़ के लोहे के ढाँचे पर अभी झुका हुआ था। यदि मैं इन लोगों के जीवन

में पैठना चाहता तो मुझे इनकी ज़िंदगी जितनी लंबी ज़िंदगी दरकार होती और क्योंकि वह संभव नहीं है इसलिए असंगत टुकड़ों से ही काम चलाना पड़ता है, faits divers.

सुदूर अतीत में प्रोफ़ेसर तंग ने प्रारंभिक पश्चिमी और चीनी नक्षत्र-विज्ञानों के तुलनात्मक अध्ययन पर शोध-उपाधि प्राप्त की थी। अद्भुत। हैरिस को सुनहरे बालों वाली महिलाएँ बहुत नहीं रुचती थीं, सो वह बैंकाक में रहता था। शुभकामनाएँ। वह तीसरी दुनिया में पत्रकार की हैसियत से यात्राएँ करता था—"क़र्ज़ उनका, मुनाफ़ा मेरा।" बेशक। और फ़ादर फ़ेर्मी एक वक्त मिलान के दुओमो में क्षेत्रीय पादरी रहे थे। "क्या वह केथेड्रल आपका देखा हुआ है?" बिल्कुल। मैं उन्हें डॉ. स्त्राबो की नीरस "उत्तरी इटली पथप्रदर्शिका" की प्रति भेंट करना चाहता था जिसमें मैं उस लयात्मक प्रागैतिहासिक पाषाण कुंजर को सैलानियों के रेवड़ों के लिए वुलवर्थ सुपर-बाज़ार के एक बाज़ारू माल में बदल पाया था।

"वह इमारत मेरे लिए नरक के बराबर थी।" एक पादरी के मुँह से ये कठोर शब्द थे। "बरसों तक मैं वहाँ अनुयायियों के इक़बाल सुननेवाला पुरोहित था। आपको कम-से-कम यह तो कभी नहीं करना पड़ा।" सही कह रहे थे वह। मैंने उसकी कल्पना करने की कोशिश की, लेकिन नहीं कर पाया।

"जैसे ही मैं भंडार-गृह से निकलकर गिरजे में कदम रखता था मुझे मितली आने लगती थी। मुझे ऐसा लगता जैसे मैं फ़र्श को साफ़ करनेवाला पोंछा था जिसपर लोग अपनी ज़िंदगियाँ रगड़ने आते हैं। आपको अंदाज़ नहीं हो सकता कि लोग किस हद तक जा सकते हैं। आपने उनके चेहरों को भी इतने पास से नहीं देखा है, वह पाखंड, वह लम्पटता, गँधाते बिस्तर, वह लालसा। और वे हमेशा वापस आते रहते थे और हमेशा आदमी को उन्हें क्षमा करने के लिए बाध्य होते रहना पड़ता था। लेकिन इस तरह आदमी को एक भयानक तरीक़े से उनके अपराधों में सहयोगी होना पड़ता था, जिन ताल्लुकात को वे तोड़ नहीं पाते थे उनका हिस्सा बनना पड़ता था, उनके चरित्र के पतन का अंश होना होता था। मैं भाग निकला और एक मठ में चला गया, उसके बाद गाने के अलावा मैं इंसान की आवाज़ को बर्दाश्त नहीं कर सकता था।" और एक बार और वह नाचता-सा चला गया।

मैं रेलिंग पर जहाँ था वही *मेरी* इक़बाल करने की जगह थी। मैंने यह खोज लिया था कि यदि तुम उसी जगह पर हमेशा रहो तो लोग अपने-आप तुम्हारे पास आने लगते हैं। सिर्फ़ अलोंज़ो कार्नेरो कभी नहीं आया, उसके पास उसकी अपनी जगह थी। एक बार मैं उसके पास गया। वह औरत उसके साथ खड़ी थी, दोनों इकट्ठे रात के काले गर्त में देख रहे थे। कोई तारे नहीं दिख रहे थे और जीवन में पहली बार मुझे प्रेतलोक की शारीरिक अनुभूति हुई। यात्रा जितनी लंबी हो रही थी, उतना ही वह सब यथार्थ होता जा रहा था जिसे मैं कक्षा में कहानियों की तरह पढ़ाता था। फ़ाएथोन की घातक रथयात्रा की तरह समुद्र भी मेरी एक शानदार प्रस्तुति रहा है, और मैं सागर का अभिनय भी कर सकता था, कैसे वह काला और बदनीयती से भरा पसरा रहता है, सपाट धरती के आसपास हलचल पैदा करता हुआ, एक भयावह तत्त्व जिसमें सभी परिचित वस्तुएँ अपने नाक-नक्शे खो बैठती हैं, उस आदिम द्रव्य का आकारहीन अवशेष जिससे सब-कुछ उपजा है, पृथ्वी का डरावना, व्यवस्थाविहीन विपरीत, जिसे हमारे पुरखों ने एक नये जल-प्रलय की शाश्वत उपस्थित आशंका के कारण प्रकृति का पाप कहा था। और उसके परे, पश्चिम में, जहाँ सूरज डूब रहा था और उजाला चोरी-छिपे घट रहा था, मानवों को उस दूसरे आकारहीन तत्त्व, रात्रि, के भरोसे छोड़ता हुआ, वह सागर था जिसके बीचोंबीच कभी अतलस खड़ा हुआ था और जिस पर उसका नाम अतलांतिक पड़ा, और उसके पीछे वह अँधियारा मृत्यु का प्रदेश तार्तारुस, जहाँ शनि को निष्कासित किया गया था, Saturno tenebrosa in Tartara misso, सातुर्नो तेनेब्रोसा इन तार्तारा मिस्सो, ''शनि, जो अँधियारे तार्तारुस को पठाया गया था'', मैं नहीं सोचता कि मैं कभी अपने उस रोमांच को बता पाऊँगा जो मुझे लैटिन शब्दों को उच्चरित करने से होता है। इसका कोई-न-कोई संबंध शारीरिक सुख से, भोजन करने के एक उल्टे प्रकार से, है। आह, कैसा सनकी सुकरात रहा है यह शिक्षक, जो एक तूफ़ान-वाले दिन अपने विद्यार्थियों को समुद्र के किनारे ले गया था, बचे-खुचे उनको जो हँसी के मारे रास्ते में ही लोटपोट नहीं हो गए थे। रेलगाड़ी से आइमाउडेन से प्रेतलोक की यात्रा, लेकिन जब हम गोदी के छोर पर खड़े हुए तो वह काफ़ी सच हो गई, गरजता हुआ समुद्र भूरे चट्टान के खंडों पर इस तरह प्रहार कर रहा था जैसे उन्हें निगल लेना चाहता हो, अपशकुन जैसे बादलों से भारी आकाश, बारिश पाँच लोगों के हमारे छोटे-से दल पर कोड़े बरसाती

हुई, और जलपाखियों की चीखों के बीच मैं अपनी एक्स्ट्रा क्लास ले रहा था, पश्चिम की ओर मुँह करके चिल्लाता हुआ ताकि मेरी आवाज़ तूफ़ान के ऊपर सुनाई पड़े, और ज़ाहिर है कि उस उफनते हुए महाजल के नीचे अपनी चार मरणांतक नदियों के साथ प्रेतों का गुप्त लोक था। जो कुछ भी मैं चिल्ला रहा था उसके साथ यूनान की प्रतिशोध-देवियों की तरह समुद्र की चिड़ियें ओर्फ़ेउस और नरक की नदी स्तिक्स की प्रतिध्वनियों को चीख़ रही थीं, और मुझे अपनी प्रियतम शिष्या का सफ़ेद, पारदर्शी चेहरा याद आता है क्योंकि ऐसे ही चेहरों में मिथक सच होते हैं। मैं एक विक्षिप्त बौने की तरह अपने सामने खड़ी प्रच्छन्न मृत्यु वाली पीढ़ी के लिए शाश्वत धुँधलकों और विनाश के बारे में बकबकाता रहा, आइमाउडेन का सुकरात।

अगले दिन दुइंडिया ने मुझे एक कविता दी थी, कुछ तूफ़ानी मौसम और एकाकीपन का अनुभव करने के बारे में, उसे मैंने तह करके अपनी जेब में रख लिया, उसमें कोई छंद-अलंकार नहीं था, वह उस आधुनिक कविता-जैसी थी जो आदमी साहित्यिक पत्रिकाओं में पढ़ता है, और चूँकि मैं उसे यह बताना नहीं चाहता था, इसलिए मैंने उससे यह नहीं कहा, और अब, यहाँ, इस जहाज़ पर, मैं सोच में पड़ गया हूँ कि वह कविता गई कहाँ। कहीं मेरे काग़ज़ों में, अम्स्टर्डाम के एक कमरे में कहीं।

उसकी, उस लड़के की, आँखें उसके जैसी थीं। लातीनी आँखें। जब मैं उसके पास पहुँच रहा था तो वह देखता रहा, उसने नज़रें नहीं हटाईं। जब मैं एकदम पास आ गया तो उस औरत ने अपना हाथ उसके कंधे से हटा लिया और ग़ायब हो गई, जैसे भाफ बन गई हो।

"हमारी गाइड", एक बार कप्तान देकोब्रा ने उसे यह नाम दिया था, मिले-जुले मखौल और सम्मान के साथ। वह थी और फिर भी नहीं थी, लेकिन मौजूद रहे या ग़ैरहाज़िर, वही थी जो हमारे पँचमेल दल को इकट्ठा रखती थी, और लगता था कि कोई अचंभा नहीं करता था कि क्यों। एक बार मैं अलोंज़ो कार्नेरो की बग़ल में खड़ा हुआ था और मुझे समझ में नहीं आया कि मैं उससे क्या कहना चाहता हूँ। मुझे जो सूझ पड़ा वह था : "तुम क्या सोच रहे हो?" उसने अपने कंधे उचकाकर कहा : "समंदर की मछलियों के बारे में।" और ज़ाहिर है कि मुझे भी उनके बारे में, हमसे हज़ारों मीटर नीचे रहनेवाले उन तमाम अनदेखे,

हमसे अनभ्यस्त जीवन के बारे में, सोचना पड़ा, और मैं काँप गया और अपने केबिन में चला गया।

उस रात मैंने फिर सपना देखा कि मैं अपने अम्स्टर्डाम के कमरे में हूँ। तो क्या मैंने सोने के अलावा कुछ नहीं किया? मैंने खुद को जगाना चाहा था और पाया कि मैं अपने केबिन की बत्ती जला रहा हूँ, हड़बड़ाया हुआ, पसीने-पसीने। मैं फिर कभी वह सोया हुआ आकार नहीं देखना चाहता था, वह खुला हुआ मुँह और वे अंधी आँखें, उस हाँफते हुए, बेचैन शरीर का सूनापन। मारिआ ज़ेइंस्त्रा के बाद मैंने किसी औरत के साथ रात नहीं गुज़ारी थी, वह, उस वक्त मैंने सोचा था, असली ज़िंदगी जीने का मेरा आख़िरी मौका था, उसका जो भी मतलब हो। किसी का होना, दुनिया का होना, उस तरह की बकवास। एक बार मैंने बच्चों तक का ज़िक्र किया था। ठिठोली। ''हम अपने नन्हें गंजे सिर में कोई ऊटपटांग ख़याल तो नहीं आने दे रहे न?'' उसने कहा था, जैसे सारी कक्षा के विद्यार्थियों से कह रही हो। ''तुम और बच्चे! कुछ लोगों के कभी बच्चे नहीं होने चाहिए, और तुम उनमें से एक हो।''

''तुम तो ऐसा कर रही हो जैसे मुझे कोई भयानक बीमारी हो। अगर तुम मुझे इतना घिनौना समझती हो तो मेरे साथ सोती क्यों हो?''

''इसलिए कि मैं चीज़ों को अच्छी तरह से अलग-अलग रख सकती हूँ। और मुझे वह अच्छा लगता है, यदि तुम शायद सुनना चाहते हो तो।''

''तो शायद तुम्हें अपने बच्चे तुम्हारे कविता लिखनेवाले बास्केटबॉल खिलाड़ी से ही हासिल करने पड़ेंगे।''

''मैं उन्हें किससे हासिल करूँगी यह मेरा मामला है। किसी भी सूरत में तुम जैसे पुरानी चीज़ों की दुकान में बिकने वाले वाले शक्की बगीचे के बौने के पुतले से तो नहीं। और आरेंड हेफ़्र्स्ट को लेकर तुम कोई बात नहीं करोगे।''

आरेंड हेफ़्र्स्ट। अन्य पुरुष, बनी-बनाई कवि-जैसी मुस्कान वाला गोश्त का ठूँठ।

''और तुम खुद कभी कोई कविता तो लिखो। और थोड़ी सी खेलकूद से भी तुम्हारा कोई नुकसान नहीं होगा।'' यह सच था, तब शायद जलयात्रा की

जगह मैं उड़ सकता होता। उस केबिन से भाग सकता था, अपनी बाँहें चौड़ी पसारता और उड़ निकलता, सोता हुआ जहाज मेरे पैरों के नीचे, पीले उजाले में बैठा अकेला पहरेदार, हमारा नाविक, उन सब दूसरों से अपने को अलग करता हुआ मैं, गहरे अँधियारे में।

मैंने कपड़े पहने और डेक पर पहुँचा। वे सब वहाँ थे, मुझे लगा जैसे किसी साज़िश में शामिल हों। वे कप्तान देकोब्रा को घेर कर खड़े हुए दूरबीन से आकाश को देख रहे थे। यह कभी वही रात नहीं हो सकती थी, क्योंकि कुछ रातें ऐसी होती हैं जिनमें तारे हमें भयभीत करने के लिए निकलते हैं, और यह उन्हीं में से एक थी। उस रात जितने तारे मैंने पहले कभी नहीं देखे थे। मुझे ऐसा लगा जैसे मैं उन्हें समुद्र के शोर के बीच से भी सुन सकता था, हमें पुकारते हुए, लालायित (tendebantque manus ripae ulterioris amore, दूसरे तट के लिए लालायित, अपने हाथ फैलाए हुए : ईनिअड, खंड 6), क्रुद्ध, मखौल उड़ाते हुए। अन्य सभी उजालों की अनुपस्थिति के कारण वे हम पर एक गुम्बद की तरह फैले हुए थे, प्रकाश-छिद्र, प्रकाश-कंकर, धरती पर हमारे आगमन के विलंबित पल में हमने उन्हें जो भी नाम और अंक दिए थे उन पर हँसते हुए। उन्हें अपने नामों का पता न था, वे उन विचित्र आकारों को नहीं जानते थे जो हमारी सीमित आँखों ने कभी उनमें देखे थे—बिच्छू, घोड़े, साँप, जलती हुई गैस के शेर—और उनके बहुत नीचे स्थित थे हम, इस अमिट धारणा से आप्लावित कि हम चिंतन-केंद्र हैं, हमारे नीचे एक और बंद गुंबद है, एक सुरक्षित वर्तुलाकार पर्दा हमारे चारों ओर, जो सदा वैसा ही रहेगा।

सागर चमक रहा था और डोल रहा था, मैं रेलिंग को मजबूती से पकड़े हुए था और दूसरों को देख रहा था। इसे साबित नहीं किया जा सकता था लेकिन वे लोग बदले हुए थे, नहीं, वे दुबारा बदल गए थे। चीज़ें अदृश्य हो रही थीं, रेखाएँ खो रही थीं, मैं किसी के मुँह का हिस्सा देखता न देखता था, या एक आँख, एक पल के लघुतम अंश के लिए उनकी पहचान चली जाती, फिर मैं एक के शरीर के आरपार दूसरे का शरीर देखता, जैसे उनकी अन्विति को कोई तोड़ रहा हो, और उसी समय जो कुछ दीखता था उसकी दमक बढ़ जाती थी, यदि मूर्खतापूर्ण न लगता तो मैं कहता कि वे दीप्त थे। मैंने अपने हाथ अपनी आँखों के सामने किए और अपने हाथों के सिवा कुछ न देखा। मेरे साथ कोई चमत्कार

नहीं होते, इसलिए जब मैं उन लोगों के नज़दीक पहुँचा तो जिस अजीब ढंग से उन्होंने मेरी तरफ़ देखा उसकी कोई भी वजह नहीं थी।

''आखेटक नक्षत्र दिख रहा है?'' कप्तान देकोब्रा ने अलोंज़ो कार्नेरो से पूछा। ''यह ओरिओन है।'' उसका आकाशीय भीमकाय शरीर आगे की ओर झुका हुआ था। ''वह शिकार कर रहा है, सूँघ रहा है। लेकिन वह चौकन्ना भी है, क्योंकि वह अंधा है। तुम वह उसके सामने, उसके पैरों के पास उस साफ़, चमकदार तारे को देखते हो? वह सीरिउस है, उसका कुत्ता। इससे देखो तो तुम्हें दिखेगा कि वह साँस ले रहा है।''

लड़के ने उस भारी दूरबीन को उठाया और उसमें से चुपचाप देर तक देखता रहा।

''अब ऊपर देखो, उसके कमरबंद के बराबर-बराबर, पाँचवाँ हिरन अलनीलाम, छठवाँ हिरन अलनिताक, चौथा हिरन मिंतक,'' वह इन शब्दों को इस तरह बोल रहा था जैसे वे कोई मंत्र हों—''फिर तुम उसके कंधे तक पहुँचो, इब्त-अल-जक्रः, उसकी काँख, जो बेतेलग्यूज़ है, सूर्य से चार सौ गुना बड़ा...''

अलोंज़ो कार्नेरो ने दूरबीन नीची की और देकोब्रा की तरफ़ मुड़ा। फिर वही : काली आँखें बफ़ीर्ली-नीली आँखों को घूरती हुईं, देखने के दो तरीके जो एक-दूसरे में भिदते रहे, जो अब चेहरे नहीं रह गए थे, सिर्फ़ आँखें, एक पल के एक अंश के लिए, और फिर उनके चेहरे रात की हवा में वापस बह कर अपने आकार में आ गए। दूसरों ने इसे नहीं देखा या कुछ नहीं कहा। लेकिन मैं भी कुछ नहीं बोला। सूर्य से चार सौ गुना बड़ा, यह मुझे मारिआ ज़ेइंस्त्रा भी बता चुकी थी, मैं पहले ही अपना कौमार्यभंग करवा चुका था। वह वह सब जानती थी जो मैं नहीं जानना चाहता था। वैसे भी मैं अपने इस बिल्लौरी चश्मे के कारण, जिसके ज़रिए मुझे किसी तरह इस दुनिया को देखना पड़ता था, रात के आकाश से परिचित नहीं था, लेकिन फिर भी मैं आखेटक को पहचान सकता था, मैं जानता था कैसे वह रात के ख़त्म होने तक सोते हुए संसार पर से गुज़रता था, मेरे लिए वह 'ओदिस्सी' के नवें खंड से निष्कासित पात्र था, गुलाबी उँगलियों वाली उषा का प्रेमी, मैं नहीं जानता चाहता था कि उसके तारे कितने गर्म और कितने पुराने हैं, या वह कितनी दूरी पर है।

''तो फिर मूर्ख ही रहो।''

मैं उसकी आवाज़ अपने पास सुनता हूँ, पर वह मौजूद नहीं है।

"दुनिया को उस तरह जानने का क्या तुक है जिस तरह तुम जानती हो?" मैंने पूछा था। "वो तमाम बेवकूफ़ी-भरी संख्याएँ जिनके इतने सारे शून्य हमारी पिटाई करते हैं!"

हैरत। सिर टेढ़ा। लाल बाल किसी ध्वज की तरह एक तरफ़ झूलते हुए, ओरिओन दिन के उजाले में लगभग अदृश्य हो गया है। हम अभी सोए नहीं हैं।

"क्या मतलब है तुम्हारा?"

"कोशिकाएँ, किण्वक, प्रकाशवर्ष, रासायनिक स्राव। जो भी चीज़ मैं देखता हूँ उसके पीछे तुम हमेशा कुछ और इस तरह का विचित्र देखती हो।"

"क्योंकि वह होता है।"

"तो फिर?"

"मैं इस दुनिया में एक अंधे की तरह नहीं घूमना चाहती जहाँ मैं सिर्फ़ एक बार के लिए आई हूँ।"

वह उठी। "और अब मुझे महान आखेटक के आने का इंतज़ार करने के लिए घर जाना है। मैंने समझती थी कि इटली के लोग अपने बच्चों की बेहतर देखभाल करते हैं।"

"वह कोई बच्ची नहीं है।"

"नहीं।" स्वर तीखा था। "उसका इंतज़ाम तो उन्होंने कर रखा है।"

चुप्पी। "जाना होगा," वह बोली, "स्वागी ईर्ष्यालु भी हैं।"

उसने यह नहीं पूछा कि मैं भी ईर्ष्यालु हो सकता हूँ या नहीं।

"कास्तोर और पोल्लुक्स", मैंने कप्तान देकोब्रा को कहते सुना। सचमुच, ऐसा लगता था जैसे हर कोई मुझे मेरे अतीत में लौटाना चाहता था। आकाश का काला तख़्ता लैटिन से भरा हुआ था, लेकिन अब मैं शिक्षक नहीं था। "ओरिओन, टाउरुस, और दुबारा ऊपर पर्सेउस, आउरीगा..."

मैं उन विभिन्न नक्षत्रों को दर्शानेवाले हाथ का अनुसरण करने लगा जो अब हमारी ही तरह डोलते लग रहे थे। किसी एक समय पर, कप्तान ने कहा, ये नक्षत्र-समूह खिंचकर अलग-अलग हो जाएँगे, उधड़ जाएँगे, किसी भावी आकाश में दुबारा बँट जाएँगे। उन्हें जिस चीज़ ने बाँधे रखा है वह है पिछले कुछ हज़ार वर्षों में हमारी दृष्टि का संयोग, वह, जो हम उनमें देखना चाहते हैं। उनमें उतना

ही एका था जितना शाँ एलिज़े के पास राहगीरों के झुंडों में होता है, काल के इतिहास में वे तारामंडल मात्र क्षणों की प्रविष्टियाँ थे—यद्यपि हमारे माप के अनुसार वे क्षण कुछ लंबे थे। आज से हज़ारों वर्ष बाद ऋक्षराज जा चुका होगा, धनुर्धारी ने अपने बाण चलाना बंद कर दिया होगा, उन्हें बनाने वाले तारे अपनी-अपनी प्रदक्षिणा पर बढ़ गए होंगे, एक-दूसरे से संबंधित उनकी धीमी गति उन चिह्नों को मिटा देगी जैसा हम उन्हें पहचानते थे : बोओएतीस ऋक्षराज की रखवाली करना बंद कर देगा, पर्सेउस फिर कभी आंद्रोमेदा को उसकी शिला से मुक्त नहीं करेगा, आंद्रोमेदा उसके बाद अपनी मा कास्सिओपेइआ को कभी पहचान नहीं पाएगी। निस्संदेह नये, उतने ही सांयोगिक नक्षत्रपुंज होंगे (हाँ, कप्तान, मैं जानता हूँ कि 'स्तेल्ला' का मतलब 'तारा' होता है) लेकिन उन्हें नाम देने के लिए कौन होगा? वह मिथकशास्त्र, जो मेरे जीवन पर राज करता रहा, तब तक निश्चित अमान्य हो चुका होगा, दरअसल हो चुका है—संसार के लिए वह इन्हीं नक्षत्रपुंजों के बल पर जीवित है। नाम तभी उपजते हैं जब कोई जीवंत वस्तु दर्शानी हो। क्योंकि वह नक्षत्रमंडल वहाँ था इसलिए लोगों को पर्सेउस को याद करना पड़ता था, तभी वे अब भी जानते थे, कप्तान देकोब्रा की तरह, कि जो उसने अपने हाथ में उठा रखा था वह गोर्गोन राक्षसी मेदूसा का कटा हुआ सिर था, और वह उसकी पापिष्ठ आँख थी जो हमारी ओर झपकती थी, दुष्ट, उद्दंड, अंतिम बार भयावह।

"स्वर्ग का कुंड", प्रोफ़ेसर तंग ने कहा।

हम सब उनकी ओर मुड़े। उन्होंने सारथी आउरीगा की ओर इशारा किया। एक रथ, एक कुंड। वे बहुत धीमे बोल रहे थे, उनका चेहरा चमकता-सा लग रहा था। मैंने पाया कि वे पादरी फ़ेर्मी से कितने मिलते-जुलते थे। वे दोनों एक जैसे वृद्ध होंगे, लेकिन अब "वृद्ध" वह श्रेणी नहीं थी जिनमें उनके जीवन को रखा जा सकता था। वे समय के परे जा चुके थे, पारदर्शी, मुक्त, हमसे बहुत आगे।

"मैंने अपने वायुसर्पों को आकाश-कुंड में पानी पिलाया
और उनकी वल्गाओं को फू-सांग वृक्ष से बाँध दिया
रुओ वृक्ष से मैंने तोड़ी एक डाली सूर्य को पीटने के लिए"

"देखते हैं न", उन्होंने कहा, "हमने भी तारों को नाम दिए थे लेकिन वे

आपके नामों से अलग थे। वह इतिहास में बहुत पहले हुआ था, हम आपका मिथकशास्त्र तब जानते भी नहीं थे।'' उनकी आँखों में व्यंग्य टिमटिमा रहा था। ''समय बहुत कम था, हज़ारों वर्षों का होता तो भी कम था...मैंने अपना पूरा जीवन इसमें लगा दिया है।''

''और वह कविता?'' मैंने पूछा। ''हमारे यहाँ तो सूरज को आकाश में घोड़े खींचते हैं, अज़दहे नहीं।''

''वह यू कुआन की लिखी हुई है'', प्रोफ़ेसर तंग ने कहा, ''लेकिन शायद आप उसे नहीं जानते। वह हमारे कालजयी कवियों में से है। आपके ओविद से पहले का।''

वे क्षमा माँगते से लगे। ''यू कुआन को भी देश से निकाल दिया गया था। उसने भी बदचलन लोगों को अपने इर्द-गिर्द रखने के लिए और दरबार में फैले भ्रष्टाचार के लिए अपने राजा की आलोचना की थी.।'' वे हँसे। ''हमारा सूर्य भी रथ से आकाश के आरपार जाता था, बस उसका सारथी आपके फ़ीइबुस अपोलो की तरह पुरुष नहीं था, बल्कि स्त्री थी। और हमारे पास एक नहीं, बल्कि दस सूर्य थे। वे फू-सांग वृक्ष की शाखाओं पर सोते थे जो पृथ्वी के पश्चिमी छोर पर था, जहाँ अतलस खड़ा हुआ है। हमारे कवि और ओझा नक्षत्रों के बारे में इस तरह बात करते थे जैसे वे सचमुच में हों। आप लोगों का आउरीगा हमारा आकाश-कुंड है, एक वास्तविक अस्तित्त्ववाली झील, जिसमें ईश्वर अपना सिर धोता है, इसी तरह एक गीत है जिसमें सूर्यदेवता ऋक्षराज के साथ मदिरापान करते हैं।''

हमने आकाश में उस स्थान को देखा जो अब अचानक एक झील बन गया था, और मैं कहना चाहता था कि मेरे लिए ओरिओन हमेशा एक वास्तविक शिकारी रहा है, लेकिन अचानक हर आदमी कुछ बताना चाहता था। पादरी फ़ेर्मी ने 'सांतिआगो दे काम्पोस्तेल्ला' को जाने वाली तीर्थयात्रियों की सड़क से शुरू किया जो मध्य-युग में आकाशगंगा कहलाती थी। वे खुद उस यात्रा पर गए थे, पैदल, और चूँकि एकमात्र आकाशगंगा जिसे हम देख सकते थे वह हमारे ऊपर तैरता हुआ प्रकाश का पर्दा था इसलिए हमने उन्हें वहीं देखा, अपने नाचते से हल्के कदमों से जाते हुए।

कप्तान ने बताया कि कैसे उसने तारों के सहारे हवाई जहाज़ का दिशा-निर्धारण

सीखा था, और तब हमने उसे भी अपने प्रभामंडल में हमारे ऊपर से उड़ जाते देखा, एंजिनों की ध्वनि उसके ठंडी चुप्पीवाले खोल में थरथराती हुई, काँपते हुए डायलों वाली पट्टियाँ, और खुद उसके ऊपर, अभी हमारी अपेक्षा उस वक्त उसके ज़्यादा नज़दीक, वही, या दूसरे पथप्रदर्शक, जिनपर चीनियों और यूनानियों, बाबुलियों और मिस्रियों ने उनके नाम लटका रखे थे, इस बात से अनजान कि उन बेशुमार तारों से परे इतने अनदेखे पिंड छिपे हुए थे जितने कि संसार के समुद्र तटों पर रेत के कण हैं, और उन्हें नाम देने के लिए कभी किसी मिथकशास्त्र में पर्याप्त देवी-देवता नहीं होंगे।

हैरिस, जो अब तक चुपचाप सुन रहा था, बोला कि वह तभी तारे देख पाता था जब एक बार फिर वह किसी बार से धुत्त बाहर फेंका जाता था, और जब हम हँसे तब अलोंज़ो कार्नेरो ने बताया कि कैसे वह अपने इलाके मेसेता के अपने सुदूर गाँव में जब शाम को सब लोग टेलीविज़न देख रहे होते तो वह बड़े रीछ पर अपनी गुलेल चलाता था—और अब हम उसे भी देख सकते थे—और कैसे वह सोचता था कि उसका पत्थर सचमुच समूची दूरी पार कर सकेगा और उस प्राणी के पुट्ठे पर लगेगा। हम सबने इन ठंडे चमकते हुए बिंदुओं से ऐसा कुछ-न-कुछ चाहा था और जो वे हमें कभी नहीं देंगे।

"उजाला हो रहा है," कप्तान देकोब्रा ने कहा।

"या उस तरह की कोई चीज़", हैरिस बोला।

हम हँसे, और मैंने देखा कि प्रोफ़ेसर तंग ने मेरे चेहरे में वह देखा, या कुछ हद तक नहीं देखा, जो मैंने पहले उनके चेहरे में देखा था।

"क्या मैं अभी-भी यहाँ हूँ?" मैंने पूछा।

"ओह हाँ बेशक," उन्होंने जवाब दिया और चूँकि वे उगते हुए सूर्य के बिल्कुल सामने खड़े थे, उनके सिर के चारों ओर एक सुनहरी आभा प्रकट हुई जिससे ऐसा लगा कि उनका चेहरा अब सचमुच अदृश्य हो गया था, और शायद ऐसा था भी। मुझे वे दुबारा तभी दिखे जब मैंने एक कदम बाजू को रखा।

"बड़े भोर मैं आकाश-कुंड के उथले किनारे से चला और रात को संसार की पश्चिमी सीमाओं तक पहुँचा..." प्रोफ़ेसर तंग ने उद्घोषित किया, और जब मैंने कुतूहल से देखा : "फिर यू कुआन। जीवात्मा का समय हमारे यहाँ सामान्य समय से बहुत तेज व्यतीत होता है, आपके यहाँ भी ऐसा ही है न? वह एक

बड़ा कवि है, किसी अगले जीवन में आप उसे अवश्य पढ़िएगा। अपनी लंबी कविता की प्रारंभिक पंक्तियों में वह कहता है कि वह देवताओं के वंश का था, अंत में वह कहता है कि अब वह पवित्र दिवंगतों का सान्निध्य खोजने के लिए इस भ्रष्ट संसार को तज रहा है।''

देकोब्रा बोला, ''आकाश का उथला किनारा ठीक-ठीक कहाँ है मैं नहीं जानता, लेकिन अक्सर शाम को मैं दूर पश्चिम में हुआ करता था, भले ही उसी सुबह मैं पूरब में जागा होता था।''

''अगर आदमी को यह पता नहीं होता कि वह किधर जा रहा है तो रफ़्तार से बहुत ज़्यादा फ़ायदा नहीं होता,'' हैरिस बुदबुदाया।

किसी ने कोई जवाब नहीं किया, जैसे उसने कोई निषिद्ध बात कह दी हो। उसने कंधे झटके और चाँदी की एक चपटी कुप्पी से, जो वह अपनी जेब में रखता था,एक घूँट गटका।

''मुझसे अब दिन का उजाला बर्दाश्त नहीं होता,'' उसने कहा और ओझल हो गया। मैं डेक के सबसे पिछले हिस्से को चला गया। हमारे पीछे समुद्र पर हल से बँटी जैसी लकीर क्षितिज तक चली गई थी। मुझे ठीक बीचोंबीच खड़ा होना अच्छा लगता था, जंगले की फौलादी कमान मुझे आलिंगनबद्ध किए हुए थी। लीक का रंग सुनहरा और रक्तिम था।

''मुझसे अब दिन का उजाला बर्दाश्त नहीं होता।'' मैं जानता था कि यदि मैं मुड़ूँ तो मुझे दूसरे लोग एक टूटे हुए कृत्तिका नक्षत्र की तरह दिखेंगे सिर्फ़ इसीलिए कि मैं उस सामूहिक रचाव से दूर निकल आया था। लेकिन मुझे वहीं खड़ा होना था, अकेला, और सोचना था। वही थे वे शब्द जो उसने मेरी अध्यापक की नौकरी के आखिरी से पहले दिन कहे थे, या आखिरी दिन की शुरूआत पर कहे थे भी बोला जा सकता है। उन दो दिनों के बीच में नींद ने पुल का काम नहीं किया था, शायद इसीलिए वह मेरी ज़िंदगी का सबसे लंबा दिन लगा था। क्या हम ऐसा मानकर चलें कि उस दिन मैं ख़ुश था? मेरे मामले में ऐसा हमेशा एक अभाव के अहसास से जुड़ा होता है, इस कारण विषाद से, लेकिन सुख का स्वर प्रधान था। वह कभी यह नहीं कहना चाहती थी कि वह मुझे चाहती थी (''ये अपनी माँ से पूछो'') लेकिन मुलाकातों के वक्त, इशारे और जगहें चुनने में वह बेहद चतुर थी। जो भी हो, उन दिनों फिर भी मैं सचमुच अपनी शक्ल

बर्दाश्त कर सकता था, और इसका कुछ संकेत दूसरों को दिखाई पड़ गया होगा। (''इतने बदसूरत होते हुए भी तुम बढ़िया दिखते हो।'')

बहरहाल, क्योंकि मेरे जीवन में हर चीज़ को तुकांत होना चाहिए इसलिए मैंने अपने द्वारा दिए जाने वाले अंतिम पाठ के लिए प्लेटो का 'फ़ाएदो' चुना। मैं भले ही सैलानियों के लिए सड़ी पुस्तकों का लेखक हूँ, लेकिन मैं कुशल शिक्षक था। मैं अपने विद्यार्थियों को पालतू भेड़ों की तरह वाक्य-विन्यास और व्याकरण की कँटीली झाड़ियों के बीच से ले जाने में समर्थ था, मैं पृथ्वी से सूर्य के रथ की टक्कर का इस तरह वर्णन कर सकता था कि सारी कक्षा में आग लग जाए, और मैं सुकरात को इतनी गरिमा से मरते हुए दिखा सकता था, जैसा कि मैंने उस दिन किया, कि वे उसे अपने समूचे (या संक्षिप्त) जीवन भर कभी नहीं भूल सकते थे। पहले मेरे उपनाम को लेकर कुछ संकोच-भरी ठिठोली (''नहीं, देवियों और सज्जनो, वह उपकार मैं आप पर आज बिल्कुल नहीं करूँगा'') और उसके बाद ख़ामोशी, चुप्पी। क्योंकि जो मैंने कहा था वह सच नहीं था, मैं दरअसल वहाँ मरनेवाला था। ''जब भी सहकर्मी मुस्सेर्ट अपना सुकरात-प्रदर्शन प्रस्तुत करते हैं विद्यार्थीगण बाकी सारे दिन भीगी बिल्ली बने रहते हैं,'' यह आरेंड हेर्फ़्स्ट का कहना था, और उसकी यह एक बात तो सही थी। कक्षा का कमरा अथेंस के कारागार में बदल चुका था, मेरे मित्र मेरे आसपास इकट्ठा हो चुके थे, सूर्यास्त के समय मैं विष का प्याला पीने वाला हूँ। मैं इससे बच सकता था, मैं अथेंस से पलायन कर सकता था, मैंने वैसा नहीं किया। मैं एक दिन और अपने मित्रों से बोलूँगा जो मेरे शिष्य थे, मैं उन्हें सिखाऊँगा कि एक व्यक्ति कैसे मृत्यु का वरण करता है, और मैं अपनी मृत्यु में अकेला नहीं हूँगा, मैं उनकी संगति में मरूँगा, एक ऐसा व्यक्ति जो इहलोक का था। मैं, मेरा दूसरा मैं, जानता था कि मुझे अपने विद्यार्थियों को सूक्ष्म अमूर्तनों के परे उस उच्चतर रासायनिक प्रक्रिया की ओर ले जाना था जिसमें एक मरणासन्न व्यक्ति शरीर से आत्मा का विच्छेद करता है। वह आत्मा की अमरता के बारे में एक के बाद एक प्रमाण देता गया किंतु उन सारे तीखे तर्कों के नीचे मृत्यु की खाई, आत्मा की अनुपस्थिति, मुँह खोले हुए थी। उधर बैठा हुआ वह कुरूप शरीर, बातें करता हुआ, कभी किसी की गुद्दी को थपथपाता हुआ, टहलता हुआ और सोचता हुआ और आवाज़ें करता हुआ, जो जल्द ही मर जाएगा, उसे जलाया जाएगा या दफ़नाया जाएगा, दूसरे

उसे देखते हुए और उन आवाज़ों को सुनते हुए जो उन्हें ढाढस बँधा रही थीं, उसे ढाढस बँधा रही थीं। निस्संदेह वे सब विश्वास करना चाहते थे कि उनके सामने जो बेढंगा, अनगढ़ आकार था वह एक राजसी, अदृश्य, अमर तत्त्व समोए हुए था जो कोई तत्त्व नहीं था, कुछ ऐसी वस्तु थी जो, जब यह सत्तर वर्षीय काया अंततः भद्दे ढंग से निष्प्राण लेट जाएगी, तब उस सबसे आखिरकार मुक्त हो जाएगी जो शुद्ध विवेक को अवरुद्ध करता है, यात्रा करेगी, संसार त्याग देगी, और तब भी रहेगी या लौटेगी, असंभाव्य। यह कि स्वयं मैं इन चीजों में आस्था नहीं रखता था अप्रासंगिक था, मैं एक आस्थावान की भूमिका निभा रहा था। उस दोपहर *मैं* क्या सोच रहा था इसका कोई अर्थ नहीं था, अर्थ इस बात का था कि एक ऐसा आदमी अपने मित्रों को दिलासा दे रहा था जो खुद दिलासा का हक़दार था, और इस बात का कि एक आदमी के लिए अपनी अंतिम घड़ियाँ भी चिंतन को, तर्कों को नहीं बल्कि विचारों, विकल्पों, अनुमानों, विरोधाभासों को, उस सँकरी जगह में एक से दूसरे के बीच बनती जोड़ती मेहराबों को, मानव-मस्तिष्क की आत्मावलोकन की अद्भुत क्षमता को, विचार-परिवर्तन को, प्रश्नों का ताना-बाना बुनने और फिर उसे शून्य में बाँधने को समर्पित करना संभव था, जहाँ संशयहीनता स्वयं को नकार सके।

और दुबारा, फाएथोन के प्रकरण जैसा, मैंने उन्हें पृथ्वी को ऊपर से दिखाया, अपने विद्यार्थियों को, जो सैकड़ों बार टेलीविज़न पर पृथ्वी को एक नीले-सफ़ेद गेंद के रूप में देख चुके थे, जो हमेशा जानते थे कि यह चमकता गुब्बारा ब्रह्मांड का केंद्र नहीं है, अब वे उस दूसरे सुकरात के शिष्य बन चुके थे, उसके साथ अथेन्स की उस कोठरी से उड़ रहे थे और अपनी कितनी और अधिक रहस्यमय दुनिया को ''चमड़े के बारह टुकड़ों से बनी एक गेंद की तरह'' देख रहे थे, जैसा कि असली सुकरात ने कहा था, एक शानदार, रंगीन दुनिया, रत्नजटित, जिसकी एक पीली, दरिद्र परछाईं थी वह जगह जहाँ उन्हें अपनी रोज़मर्रा की ज़िंदगी जीनी पड़ती थी और जहाँ से उनके पुराने मित्र को कुछ ही घंटों बाद चले जाना था। और मैंने उन्हें बताया कि ऊपर से देखी गई इस पृथ्वी के भीतर, जो वास्तविक पृथ्वी है और नहीं भी है, सतह के नीचे असंख्य धाराएँ तार्तारुस नामक विशाल भूमिगत झील में गिरती हैं, ऐसी झील जिसकी न कोई थाह है और न तल, एक अनंत विस्तार, और मैं विद्यार्थियों के सामने इधर-उधर नाचता-कूदता रहा, अपने

छोटे हाथों से उस विराट जल को कक्षा के भीतर से प्रवाहित करता रहा, उसी तरह जैसे उस दूसरे व्यक्ति ने, जिसके शब्द मैं उधार ले रहा था, उसे उस काल-कोठरी में से प्रवाहित किया था जिससे वह कभी मुक्त नहीं होने वाला था। मैं एक बड़ा दमकल केंद्र बन गया जो जल को धरती पर बाँट रहा था। और मैंने उन्हें बताया, उसने उन्हें बताया, सुदूरतम पाताल की चार महानदियों के बारे में, जिनमें से सबसे बड़ी, ओकेआनोस, धरती को लपेटती है, आखेरोन जो मरणांतक उजाड़ के बीच से बहती है और एक ऐसी झील में गिरती है जिसके तटों पर मृत आत्माओं को नये जीवन के लिए प्रतीक्षा करनी पड़ती है, बताया अग्नि, पंक और शिलाओं के प्रदेशों के बारे में, और शाश्वत पुरस्कार और शाश्वत दंड के उन शाश्वत मानव स्वप्नों के विषय में, और मैंने उन असहाय आत्माओं को धुँधलके में खड़ा छोड़ दिया, जैसे ठंड की किसी कुहरिल सुबह बस-स्टॉप के पास कामगारों का एक झुंड।

और फिर सब ख़त्म हो जाता है। मैं पीछे हट जाता हूँ, मैं अपने और सामने की पंक्ति के बीच एक बड़ी दूरी बना लेता हूँ। अब मैं मरने जा रहा हूँ। मैं अपने शिष्यों की आँखों में देखता हूँ जैसे उसने अपने शिष्यों की आँखों में देखा होगा, मैं ठीक-ठीक जानता हूँ कि कौन सिम्मिआस है और कौन केबेस, और पूरे समय लीज़ा दुइंडिया निस्संदेह क्रितो रही है, जो अपने अंतर्तम में अमरत्व में आस्था नहीं रखता है। मेरा कहा सब व्यर्थ गया है। मैं उस कोने में खड़ा रहता हूँ जो काले तख़्ते के सबसे नज़दीक है और अपने सबसे चहेते शिष्य क्रितो को देखता हूँ। वह अपनी बेंच पर ज़र्द और सीधी बैठी हुई है। मैं कहता हूँ एक कवि यह कहेगा कि अब मुझे मेरी नियति पुकार रही है। अब मैं नहाऊँगा ताकि बाद में औरतों को मुझे न नहलाना पड़े। फिर क्रितो पूछता है कि क्या मेरे लिए वे अब भी कुछ कर सकते हैं, या मेरी संतान के लिए, और मैं उत्तर देता हूँ कि मैं अपने मित्रों से एक यही चाहता हूँ कि वे अपना ध्यान रखें, यही मुख्य वस्तु है, और जब क्रितो मुझसे पूछता है कि मैं कैसे दफ़नाया जाना चाहूँगा तब मैं उसे चिढ़ाता हूँ और कहता हूँ कि उसे मुझे पकड़ने का प्रयत्न करना पड़ेगा, मेरा अर्थ निस्संदेह मेरी आत्मा से है, जो एक शीघ्रगामी वस्तु है, और मैं उसे यह सोचने के लिए उलाहना देता हूँ कि वह मुझे मात्र एक भावी शव के रूप में देखता है, कि वह मेरी अदृश्य यात्रा में विश्वास नहीं करता, मेरे अमरत्व में

नहीं, सिर्फ़ इस शरीर को देखता है जिसे मैं तज दूँगा। और फिर मैं स्नान करने जाता हूँ, जबकि मैं कमरे के कोने में खड़ा हुआ हूँ, और क्रितो मेरे साथ आता है, जबकि वह अपनी डेस्क पर बैठी रहती है, और मैं देखता हूँ कि उसकी आँखें किस तरह मुझ पर लगी हुई हैं और मैं फिर लौट आता हूँ और उस आदमी से बात करता हूँ जो मुझसे कहता है कि विष पीने का समय हो गया है। वह जानता है, यह आदमी, कि मैं उन दूसरे दंडित लोगों की तरह चीखूँगा-चिल्लाऊँगा नहीं जिन्हें उसे वह जानलेवा ज़हर पिलाना पड़ता है, और तब क्रितो चाहता है कि पहले मैं कुछ खाऊँ और कहता है कि पर्वतों के शिखरों पर अब भी सूर्य चमक रहा है, और वह अभी पूरा डूबा नहीं है, और फिर हम सब स्कूल के मैदान के परे उन पहाड़ियों को देखते हैं ओर हम देखते हैं उसे, नीली पहाड़ियों पर एक लालिमा। किंतु मैं अस्वीकार कर देता हूँ। मैं जानता हूँ कि बहुत सारे दूसरे अंत तक प्रतीक्षा करते हैं, किंतु मैं वैसा नहीं करूँगा। ''नहीं, क्रितो'', मैं कहता हूँ, ''मुझे उससे क्या मिलेगा कि मैं विष कुछ देर बाद पिऊँ, यदि मैं एक रोते हुए बच्चे की तरह जीवन से चिपका रहूँ?'' और तब क्रितो इशारा करता है और वह आदमी अपना प्याला लेकर आता है, और मैं पूछता हूँ कि मुझे क्या करना होगा और वह कहता है, ''कुछ नहीं, सिर्फ़ पी जाना है और थोड़ा चलना-फिरना है, फिर आपके पैर पत्थर की तरह हो जाएँगे और आपको लेटना पड़ेगा। वह अपने आप काम करता है।'' और वह मुझे प्याला थमाता है और मैं धीरे-धीरे पीता हूँ और जब मैं खाली काल्पनिक प्याला उस अदृश्य चाकर को लौटाता हूँ तो मैं क्रितो की आँखों में देखता हूँ जो इंडिया की आँखें हैं, और तब मैं रुक जाता हूँ—हमें इसकी कोई नौटंकी नहीं करनी है। मैं धरती पर नहीं लेटता, सेवक को अपने पैर यह देखने के लिए नहीं छूने देता कि उनमें कोई चेतना बची है या नहीं, मैं वहीं खड़ा रहता हूँ और मर जाता हूँ और अंतिम पंक्तियाँ पढ़ता हूँ जिनसे मुझ पर एक बड़ी शीत छा जाती है और मैं उस मुर्ग़े के बारे में कहना चाहता हूँ जो मुझे आस्क्लेपिओस को लौटाना था और मैं वह कहता हूँ, यह दिखाने के लिए कि मैं इस संसार में, यथार्थ के संसार में, मर रहा हूँ। और फिर अंत होता है। सुकरात के चेहरे से चादर हटाई जाती है, आँखें एकटक देख रही हैं। क्रितो उन्हें मूँदता है, खुले होंठ बंद करता है। लेकिन हम वैसा नहीं करते।

अब वह नाज़ुक लम्हा आता है जब उन्हें कक्षा का कमरा छोड़ना पड़ता

है। उन्हें बात करने की कोई इच्छा नहीं है और मुझे भी नहीं। मैं पलट कर अपने बैग में कुछ तलाशता हूँ। मैं उस प्रभाव को जानता हूँ जो आत्मा के मार्ग में शरीर के अड़ंगा होने के प्लेटो के सिद्धांतों ने ईसाइयत पर डाला है और जो मुझे कभी अच्छा नहीं लगा; और मैं यह भी जानता हूँ कि सुकरात पश्चिमी सभ्यता की एक शाश्वत भ्रमित समझ का हिस्सा है, किंतु उसकी मृत्यु मुझे सदा विचलित करती है, विशेषतः उस समय जब उसकी भूमिका मैं स्वयं निभा रहा होऊँ।

जब मैं घूमता हूँ तो अधिकांश जा चुके होते हैं। कुछेक लाल आँखें, लड़के अपने सिर पर उस तरह घुमाए हुए जैसे कह रहे हों कि यह मत समझना कि मुझ पर कुछ असर हुआ। गलियारे में काफ़ी शोर, कुछ ज़्यादा ही ज़ोर की हँसी। लेकिन दुइंडिया रुकी हुई थी और सचमुच रो रही थी।

''ये फ़ौरन बंद करो'', मैंने कहा, ''जब तुम ऐसा करती हो तो साफ़ है कि तुम कुछ नहीं समझी हो।''

''मैं उस पर नहीं रो रही हूँ'', वह अपनी किताबें अपने बस्ते में रख रही थी।

''फिर किस पर?'' मूर्खतापूर्ण 807वाँ प्रश्न।

''सब पर।''

आँसू बहाती हुई एक स्वर्गीय छवि। कोई बहुत सुंदर दृश्य नहीं।

''सब तो एक बहुत बड़ी श्रेणी हुई।''

''हो सकता है।'' और फिर, उफन कर, ''आप खुद उसमें विश्वास नहीं करते, आत्मा की अमरता में।''

''नहीं।''

''फिर आप उसका ऐसा अच्छा वर्णन क्यों करते हैं?''

''कोठरी की स्थिति का कोई संबंध उस राय से नहीं है जो मैं उसके बारे में रखता होऊँ।''

''लेकिन आप उसमें विश्वास क्यों नहीं करते?''

''क्योंकि वह उसे चार बार सिद्ध करने की कोशिश करता है। यह हमेशा कमज़ोरी की निशानी होती है। मुझे लगता है कि वह खुद उसमें विश्वास नहीं करता था, या पूरी तरह से नहीं। लेकिन इसका संबंध अमरता से नहीं है।''

''फिर किससे है?''

"इससे है कि हम अमरता के बारे में सोच सकते हैं। यही अत्यंत विलक्षण है।"

"बिना उसमें विश्वास किए?"

"अगर मुझसे पूछो तो हाँ। लेकिन इस तरह के विचार-विमर्श में मैं कच्चा हूँ।"

वह उठी। वह मुझसे लंबी थी और मैं यंत्रवत् एक कदम पीछे हट गया। फिर अचानक उसने सीधे मेरी ओर देखा और कहा : "अगर मैं आरेंड हेफ़र्स्ट से अलग हो जाऊँ तो क्या इसका यह मतलब होगा कि आपको मिसेज़ जेइंस्त्रा को खोना पड़ेगा?"

यह सीधा प्रहार था। मैं अभी पूरी तरह से मरा भी नहीं था कि मुझे एक-दूसरे नाटक में अभिनय करना पड़ रहा था। यह सोचा भी नहीं जा सकता था कि असली सुकरात को कभी ऐसे वार्तालाप में भाग लेना रहा होगा। हर युग के अपने दंड होते हैं और इसके तो अनेक हैं।

"क्या हम ऐसा मान लें कि हममें यह बातचीत हुई ही नहीं?" मैंने अंततः कहा। वह जवाब में कुछ और कहना चाहती थी लेकिन उसी पल मारिआ जेइंस्त्रा कमरे में आई और क्योंकि वह हमेशा की तरह तेज़ी से चल रही थी इसलिए उसने लीज़ा दूइंडिया को तभी देखा जब वह कमरे के बीचोंबीच आ चुकी थी। ऐसी चीज़ें एक क्षण में हो जाती हैं। लाल बाल जो लहराते हुए अंदर आए, काले बाल जो तूफ़ान की तरह बाहर गए, एक छात्रा जो अपने मुँह पर रूमाल दबाए हुए थी।

"एक लड़की जो ठहरी," मारिआ ज़ेइंस्त्रा ने कहा।

"पूरी नहीं।"

"तुम्हें मुझे यह नहीं बताना पड़ेगा।"

फिर हमारा ध्यान उस किताब पर गया जो लीज़ा दूइंडिया छोड़ गई थी। उसने उसे उठाया और खोला।

"प्लेटो। इसका मुकाबला मैं नहीं कर सकती। मेरी कक्षा में आज उसे शिराएँ और धमनियाँ पढ़नी पड़ी थीं।"

जब उसने पुस्तक नीचे रखी तो उसमें से एक लिफ़ाफ़ा गिरा। उसने उसे देखा और फिर उठाया।

''तुम्हारे लिए।''

''मेरे लिए?''

''अगर तुम हेर्मान मुस्सेर्ट हो तो यह तुम्हारे लिए है। क्या पढ़ सकती हूँ?''

''अच्छा हो कि नहीं।''

''क्यों नहीं?''

''क्योंकि *तुम* बेशक हेर्मान मुस्सर्ट नहीं हो।''

अचानक उसने गुस्से से साँस छोड़ी। मैंने पत्र लेने के लिए हाथ बढ़ाया लेकिन उसने इन्कार में सिर हिलाया।

''तुम चुन लो,'' वह बोली, ''या तो तुम यह पत्र ले सकते हो, और फिर तुम मुझे कभी देख नहीं पाओगे, इसमें जो भी लिखा हो। या मैं इसके अभी यहीं हज़ार पुर्ज़े कर देती हूँ।''

विचित्र है आदमी का दिमाग़। एक ही वक्त में सब कुछ संभव सोच सकता है। मैंने ऐसी कोई पुस्तक नहीं पढ़ी थी जो मुझे इसके लिए तैयार रखती, मैंने सोचा, और उसी समय मुझे भान हुआ कि इसी तरह की मूर्खता से वास्तविक लोग वास्ता रखते हैं, और फिर मुझे याद आया कि होरासिउस ने ऐसे घिसे-पिटे विषयों पर अद्भुत कविताएँ लिखी थीं और इस सबके बीच मैं सोच रहा था कि मुझे उसे खोना नहीं है और तब तक मैं उससे कह चुका था कि फिर उसे फाड़ डालो और उसने भी ऐसा ही किया, बर्फ़ के ग़ालों जैसे नीचे तिरते हुए काग़ज़ के टुकड़ों पर मैंने चिंधा-चिंधा शब्द, घिसटे हुए अक्षर, मुझे संबोधित वाक्य देखे जो अब फ़र्श पर लाचार, कुछ भी न कहने को पड़े हुए थे।

''मुझे जाना है, मेरा सामान अब भी 5 बी में पड़ा हुआ है।''

बरामदे सूने थे, हमारे कदम एक बेमेल ताल में गूँज रहे थे। 5 बी के काले तख़्ते पर एक विचित्र ख़ाका बना हुआ था, एक तरह का नदियों का जाल जिसमें धाराओं के बीच में कई फँसे हुए द्वीप थे। मैंने उसे ताले में चाबी लगाते हुए सुना। नदियों के चौड़े जल पर छोटे-छोटे वृत्त तैर रहे थे।

''यह क्या है?''

''लसीका द्रव, कोशिकाएँ, लसीका नलिकाएँ, रक्त प्लाविका, वह सब जो तुममें है और चक्कर लगाता है, और जिस पर अभी मैं कोई बात नहीं करूँगी।''

वह मेरी पीठ की तरफ़ से मुझे आलिंगन कर रही थी, उसकी ठोड़ी मेरे

बाएँ कंधे पर टिकी हुई थी, मेरी आँख की कोर से एक लाल धब्बा दिखता था।

"मेरे घर चलें," मैंने कहा, या शायद आग्रह किया, क्योंकि गलियारे में आते हुए कदम सुने जा सकते थे। हम बिल्कुल ख़ामोश खड़े हो गए, लिपटे हुए। उसने मुझे मेरे चश्मे पर चूम लिया था इसलिए मैं देख नहीं पा रहा था। मैंने दरवाज़े के कुंदे को ऊपर नीचे किए जाते और फिर छोड़े जाते सुना जिससे वह अपनी मूल स्थिति में आ गया। उसके बाद फिर वही क़दम, जब तक उनका सुनाई देना बंद नहीं हो गया।

"तुम्हारे घर बाद में जाएँगे", उसने कहा, "और फिर मैं तुम्हारे साथ रहूँगी।" सो हम सारी रात बात करेंगे, वह सबसे पहली गाड़ी पकड़ेगी, वह जाकर हेर्फ़र्स्ट को बताएगी कि वह उसे छोड़ रही है, अगली शाम वह मेरे साथ रहने आ जाएगी। वह पूछ नहीं रही थी, मुझे आगाह कर रही थी। चौबीस घंटे बाद मैंने देखा कि कैसे वह मेरी खिड़की पर खड़ी थी और दिन के पहले उजाले को देख रही थी। मैंने सुना वह जो कह रही थी।

"मुझे दिन के उजाले से नफ़रत है।"

और फिर एक बार, जैसे उसे मालूम था कि वह किस तरह का दिन होने वाला था, "मुझे दिन के उजाले से नफ़रत है।"

और उसके बाद? वह नहाई थी, मुझे पुकार कर कहा था कि उसे कॉफ़ी नहीं चाहिए, कमरे में से एक तूफ़ान की तरह घूम गई थी, चमगादड़ कम्बलों में दुबक गई थी, मैं लाल बालों को नहर के किनारे-किनारे चले जाते देखता रहा था। मैंने कल्पना करने की कोशिश की कि जब वह हमेशा यहाँ रहेगी तो कैसा होगा, और कर नहीं पाया। फिर मैं उस दिन का अपना पहला पाठ तैयार करने के लिए बैठा, सिसरो, 'दे अमीकीतिआ', अध्याय 27, परिच्छेद 104, वह पाठ जो मुझे नहीं पढ़ाना था,और मैं नहीं पढ़ा पाऊँगा। मैंने लैटिन के उस वाक्य को उसके विन्यास के ढाँचे से अलग किया, क्रियापदों के रूपों को अदला-बदला ("देवियों और सज्जनो, मैं आपको यह पच सकने वाले निवालों में दूँगा क्योंकि आप अपनी मातृभाषा के वाक्य-विन्यास में इतने लिथड़े हुए हैं"), लेकिन कोई फ़ायदा नहीं हुआ, मैं वह कर नहीं पाया, मैं करना नहीं चाहता था, मैं उसके साथ गाड़ी में बैठा हुआ था, और एक घंटे बाद मेरे जाने का भी वक्त हो गया था। हर चीज़ अलग लग रही थी, नहर के पुल का जँगला, बड़े स्टेशन की सीढ़ियाँ,

रेल की पटरियों के लगे हुए चरागाह, वे सब मुझे एक साथ आपत्तिजनक ढंग से स्वस्थचित्त लग रहे थे, तुच्छ से तुच्छ ब्यौरे मुझे सब-कुछ संभव बतला रहे थे, पदार्थ-जगत मुझ पर आक्रमण करने पर आमादा था, इस तरह स्टाफ़-रूम में दाखिल होने से पहले मुझे चेतावनी मिल चुकी थी। मुझे जो पहला व्यक्ति दिखा वह आरेंड हेर्फ़्स्ट था, और वह मेरा इंतज़ार कर रहा था। इससे पहले कि मैं फिर बाहर जा सकूँ वह मेरे सामने खड़ा हो गया। उससे शराब की बू आ रही थी और उसने दाढ़ी नहीं बनाई थी, लगता है ऐसी चीज़ें हमेशा एक-जैसे ढर्रे पर होती हैं। अगला चरण होता है हाथापाई, गुत्थमगुत्था, एक-दूसरे के कपड़े खींचना, चीखना-चिल्लाना। फिर कोई बीच-बचाव करने आता है, प्रतिद्वंद्वियों को अलग करने के लिए, उनके बीच खड़ा होने के लिए। वह कोई आया नहीं।

"हेर्मान मुस्सेर्ट, हमें बात करनी होगी। मुझे तुमसे बहुत कुछ कहना है।"

"अभी नहीं, बाद में, मेरी क्लास है।"

"भाड़ में गई तेरी क्लास, तू यहीं रुक।"

रोज़-रोज़ यह नज़ारा नहीं दिखता—एक शिक्षक दूसरे के पीछे दौड़ता हुआ। मैं अपनी कक्षा तक पहुँच पाया, यथासंभव सम्मानजनक ढंग से अंदर गया, लेकिन वह मुझे फिर घसीट कर बाहर ले गया। मैंने अपने को छुड़ा लिया और खेल के मैदान में भाग गया। प्रदर्शन के लिए यह एक शानदार कार्रवाई थी, क्योंकि अब सारा स्कूल मुझे पिटते देख सकता था। अखाड़े के सभी कोनों से दिख रहा था कि मैं कितना तेज़ दौड़ाया जा रहा था। हमेशा की तरह मैंने अपने आप को एक साथ कई तरह की हरकतें करते पाया, गिरता हुआ, लड़खड़ाता अपने पैरों पर खड़ा होता हुआ, रक्तरंजित, थोड़े-बहुत जवाबी हाथ चलाता हुआ, उसके कटरे जैसे खुले मुँह से निकलती चिल्लाहटों को दर्ज़ करता हुआ, उस वक्त भी जबकि फिर मैं उसे नहीं देख पाया क्योंकि उसने मार कर मेरा चश्मा गिरा दिया था। मैं यहाँ-वहाँ टटोलता रहा जब तक कि वह परिचित वस्तु मुझे थमा नहीं दी गई।

"तेरा चश्मा, गाँडू।"

जब मैंने उसे दुबारा पहना तब सब कुछ बदल चुका था। खिड़कियों के पीछे मैंने विद्यार्थियों के सफ़ेद चेहरे देखे, छिपी हुई खुशी व्यक्त करने वाले मुखौटे। जो देखने के लिए था वह बुरा नहीं था : पाँच आकृतियों वाली एक पथरीली

शतरंज की बिसात, दो खड़े हुए, क्योंकि जैसे ही हेडमास्टर मेरी तरफ़ बढ़ा तो मारिआ जेइंस्त्रा आरेंड हेफ़र्स्ट की तरफ़ जा रही थी जो लीज़ा दुइंडिया की ओर जा रहा था। जब हेडमास्टर मेरे पास पहुँचा तो हेफ़र्स्ट ने मारिआ जेइंस्त्रा को इस तरह अपने रास्ते से हटाया कि वह गिर पड़ी। इसके पहले कि वह उठ खड़ी होती हेडमास्टर कह चुका था : "मिस्टर मुस्सेर्ट, आपने अपना यहाँ रहना बिल्कुल नामुमकिन कर लिया है," लेकिन उसी समय हेफ़र्स्ट ने दुइंडिया की बाँह पकड़ ली थी और उसे खींचे लिए जा रहा था।

"आरेंड!"

यह वही आवाज़ थी जिसने सुबह ही मुझे बताया था कि वह आकर मेरे साथ रहना चाहती थी। अब सब कुछ निश्चल था। मैं उस जड़ीभूत दृश्य से ऊपर उठा लिया गया और वहाँ से उसे देखता रहा जैसे मैं उसका हिस्सा नहीं था : ज़्यादा उम्र वाला एक आदमी, उसका चेहरा गुस्से से विकृत, दीवार से टिके खून टपकाते हुए आकार के सामने अपनी उँगली हिलाता हुआ, लाल बालों वाली औरत खुले मैदान के बीच में, दूसरा आदमी लड़खड़ाते पैरों वाला, और वह लड़की, जिसे वह कस कर पकड़े हुए लग रहा था। और इस ख़ामोशी में वह मूर्खतापूर्ण शब्द गूँजा जिससे मेरे विद्यार्थी हमेशा मुझे पुकारते थे।

"सुकरात।"

कुछ कहना चाहता था, वह शब्द। उसमें विलाप की पुकार थी और वह स्कूल के इस मैदान से लुप्त नहीं होना चाहता था, वह अभी भी हवा में थमा हुआ था जबकि वह, जिसने उसे गुहारा था, कहा था या फुसफुसाया था, बहुत पहले जा चुकी थी, एक कार में ढकेली गई, जिसे कुछ किलोमीटर दूर जाकर एक ट्रक से टकराना था। नहीं, मैं अंतिम संस्कार में नहीं गया, और हाँ, ज़ाहिर है कि हेफ़र्स्ट के सिर्फ़ पैर टूटे थे। और नहीं, उसके बाद मारिआ जेइंस्त्रा से मुझे कोई ख़बर नहीं मिली और हाँ, हेफ़र्स्ट और मुझे दोनों को नौकरी से निकाल दिया गया, और मिस्टर और मिसेज़ आरेंड हेफ़र्स्ट दंपति अब ऑस्टिन, टेक्सस में पढ़ा रहे हैं। और नहीं, उसके बाद मैंने कभी नहीं पढ़ाया, और हाँ, मैं डॉ. स्त्राबो की बहुपठित पर्यटक-पथप्रदर्शिकाओं का लेखक हो गया जिन्हें इतने सारे डच नागरिक अपनी खतरनाक विदेश-यात्राओं पर अपने साथ ले जाते हैं। कभी-कभी, बहुत कम, मेरी मुलाक़ात अपने किसी भूतपूर्व विद्यार्थी से हो जाती है। एक भयानक

वयस्कता हमेशा उनके चेहरे पर कब्जा किए हुए रहती है, वे दो नाम, जो उनके सिर पर मँडराते रहते हैं, वे कभी नहीं लेते। मैं भी नहीं।

पीटर हैरिस मेरे पास आकर खड़ा हो गया।

"मैंने समझा था कि आपको सूरज के उजाले से नफ़रत है", मैंने कहा। उसके पास से शराब की बू आ रही थी, जैसे उस सुबह आरेन्ड हेफ़र्स्ट से। संसार एक अनंत संदर्भ-सादृश्य है। लेकिन कम-से-कम वह मुझपर हाथ नहीं उठा रहा था। उसने अपनी कुप्पी मेरी तरफ़ बढ़ाई और मैंने इन्कार कर दिया।

"हम किनारे पर पहुँचने वाले हैं," उसने कहा।

मैंने क्षितिज को ताका लेकिन कुछ नहीं दिखा।

"आप उधर मत देखिए। यहाँ नीचे।" उसने पानी की तरफ़ इशारा किया। वह पूरी यात्रा भर ख़ाकी रहा था, या नीला, या काला, या यह सब। अब वह भूरा था।

"अमेज़न का कीचड़, गाद।"

"आपको कैसे मालूम?"

"मैं यहाँ पहले भी आ चुका हूँ। और हम लोग दक्खिनी-पश्चिमी दिशा में जा रहे थे। कुछ ही घंटों में हमें बेलेम दिखाई पड़ने लगेगा। हमेशा पुर्तगालियों का एक बढ़िया सोच लगा है यह। तुम बेलेम से रवाना होते हो, तुम बेलेम को लौटते हो। इस तरह आदमी अनंत आवृत्ति जैसे कुछ पर पहुँचता है। निस्संदेह आप इस पर विश्वास नहीं करते।"

"सिर्फ़ पशुओं के मामले में।" मैंने यूँ ही कह दिया।

"क्यों?"

"क्योंकि वे अपने जैसे ही लौटते हैं। आप सन् 1253 के कबूतर और आज के कबूतर में कोई फ़र्क़ नहीं देख सकते। वह वैसा ही कबूतर होता है। या तो वे अमर हैं या वापस आते रहते हैं।"

बेलेम। मैं उसे अपने सामने देख रहा था। उमस-भरी गर्मी में 'प्राचा दा रेपुब्लिका', 'तेआत्रो दा पास'। एक नियति होती है, हर जगह पहले भी हो आने की। विश्वविद्यालय, आनाकोंडों वाला चिड़ियाघर, सुनहरे खरगोश, मातानी, 18वीं

सदी का बड़ा गिरजा। सब डॉ. स्त्राबो की पथप्रदर्शिका में। हाँ, मैं बेलेम से परिचित हूँ। उष्णकटिबंध के पौधों वाला बोस्के, प्रवेश-शुल्क चौदह सेन्तावो। अमेरिकी आदिवासी वेश्याएँ। गोएल्दी संग्रहालय। मुझे दुनिया के बारे में मत बताओ। मेरा सूटकेस मेरा सबसे अच्छा दोस्त है।

पानी और गहरे और मार्मिक भूरे रंग का हो गया। सतह पर लकड़ी के बड़े-बड़े टुकड़े तैर रहे थे, यह उस विशाल नदी का गला था, यहाँ एक महाद्वीप अपनी आँतें उगलता था, यह कीचड़ आंद पर्वतों से नीचे बहा था, अपने अंतिम रहस्यों की रखवाली करते घायल जंगल, उसके अंतिम छिपे हुए निवासियों, शाश्वत छायाओं के लुप्त संसार tenebrae, अंधकार से। Procul recedant Somnia, et noctium fantasmata. दुःस्वप्नों से, रात्रि के मायाकारों से मेरी रक्षा करो। सोने से पहले ईसाई मठवासी यही प्रार्थना करते हैं। नमी का एक आवरण पानी पर झूलता लग रहा था। बस अभी हमें एक-दूसरे से दूर नदी के हताश दोनों किनारे दिखाई देंगे, दो प्रेमियों की तरह जो कभी परस्पर मिल नहीं पाएँगे। दूसरे भी डेक पर आ चुके थे। लड़के के साथ महिला, दोनों बूढ़े जो जुड़वाँ लगते थे, अपनी दूरबीन लिए हुए हवाई जहाज़ का पाइलट, हर एक अपने खाँचे में, अकेला या दुकेला। मेरे सहयात्री।

लहरों की थपेड़ धीमी हो गई, जल की भफाती हुई सतह एक थाली बन गई जिस पर जहाज़ एक चढ़ावे की तरह था। क्या हम अभी भी चल रहे थे? मैंने दूसरों को, अपने बिरले मित्रों की तरफ़ देखा जिन्हें मैंने नहीं चुना था। हम संयोगवश एक-दूसरे के सहचर थे, जितना मैं उनका था उतने वे मेरे थे। लेकिन अब ज़्यादा देर के लिए नहीं। "सोना और इमारती लकड़ी," मैंने हैरिस को कहते सुना। एक पल के लिए उसका चेहरा उसके लाल-भूरे बालों से ढक गया और मैंने एक आकृतिहीन आदमी को देखा जो बेख़बर बोलता जा रहा था। इन अचानक अनुपस्थितियों, खाली रूपरेखाओं, दिखाई न देने वाले लेकिन निर्धारित किए जा सकने वाले हाथों का मैं आदी होता जा रहा था। सोना और इमारती लकड़ी, मैं सुन रहा था, संसार के पास अब भी मुझे बताने के लिए संभव सब कुछ था और ऐसा दिखता था कि वह फ़िलहाल ऐसा और करते रहना चाहता था। सोना—इस हैरिस की छाया ने एक बार उस पर एक पुस्तक लिखी थी, जॉन्सन और देगोल के बीच स्वर्णयुद्ध पर, जिसके बारे में किसी ने कुछ नहीं कहा था

क्योंकि वियतनाम ने इस विषय से सबका ध्यान खींच लिया था। फिर भी वह एक सच्चा युद्ध हुआ था जिसमें सैनिक नहीं बल्कि शिकार थे। उसने उस पर वह किताब लिखी थी जिसे किसी ने पढ़ा नहीं था। और इमारती लकड़ी, उसी कारण वह यहाँ आया था, अमेज़ोनिया को, मैंने कॉनन डॉयल की वह पुस्तक 'दि लॉस्ट वर्ल्ड' पढ़ी थी क्या, उसमें भी एक जहाज़ 'एस्मेराल्डा' अमेज़न तक जाता है। सोना और इमारती लकड़ी—इनके बारे में वह सब जानता था। सोना बच गया और लकड़ी नहीं। "यदि आप सौ साल बाद यहाँ आएँगे तो यह एक बड़ा रेगिस्तान होगा, साहेल से भी बुरा। वह सचमुच में संसार का अंत होगा, एक उजाड़ दलदल, एक निर्जीव रेतकुंड।"

वह बोलता रहा लेकिन मैं अधर में उतराने का माहिर हो चुका हूँगा क्योंकि मेरे नीचे जहाज़ आगे बढ़ता रहा, जल के विस्तार पर एक नन्हीं नाव। वह अपने पीछे एक सादा V का आकार छोड़ रहा था, एक पच्चर जो लगातार चौड़ा होता जा रहा था। एक पन्ने पर एक अकेला अक्षर जो मुझे सारी यात्रा कुछ कहना चाह रहा था। लेकिन क्या? मैंने उन सुदूर किनारों को इस तरह देखा जैसे वे दो फैले हुए हाथ हों जो शायद जहाज़ को बाँधना चाहते हों, इस तरह हमें सदा के लिए अपने साथ रोकना चाहते हों, मैंने खुद को देखा, मैंने मेरे सहयात्रियों द्वारा निर्मित सीमित नक्षत्रपुंज को देखा, तीन जुड़वाँ, एक अकेला, मैंने देखा कैसे उस महिला ने खुद को उस लड़के से अलग कर लिया और दूसरों से स्वतंत्र अपने रास्ते पर चलने लगी, लेकिन साथ में दूसरों को अपने पीछे-पीछे ले जाने लगी जैसे यह कोई प्रकृति का नियम हो, कैसे दोनों बूढ़े नाचते-से उसके साथ जाने लगे, कैसे कप्तान ने अपनी दूरबीन नीचे कर ली और पीछे हो लिया, हैरिस मुझसे अलग हो गया, कैसे मुझसे अलग हुआ मेरा मैं धीरे-धीरे, हिचकिचाते हुए उस टोली में शामिल हो गया, जबकि मैं एक गुब्बारे की तरह लगातार ऊँचा और ऊँचा उठता गया और मैंने देखा कैसे धारा अदृश्य होती रही और धरती अधिक दिखाई देने लगी, हरी, संकटमय, पसीना-पसीना धरती, अपनी ही गर्मी के धुंध में लिपटी हुई, जिसमें अब उष्णकटिबंधीय आकस्मिक सांध्यवेला का अँधियारा घुल रहा था। मैंने बेलेम का उजाला देखा, जैसे 'वॉयेजर' ने हमारे सौरमंडल के अन्य उजले बिंदुओं और धब्बों के बीच पृथ्वी को देखा था। अब मैं उससे भी ऊँचा उड़ रहा था जितना सुकरात अपनी फंतासी में पहुँच पाया

होगा, वह, जो सोचता था कि यदि मानव पृथ्वी के बस पर्याप्त ऊपर उठ सकता तो स्वर्ग को देख पाता। मैं आर्मस्ट्राँग से भी ऊँचा चला गया था जिसने चंद्रमा पर दाग़ छोड़े थे, मुझे इस नक्षत्रीय ठंड से पलायन करना होगा, मुझे अपने स्थान पर लौटना पड़ेगा, मेरी देह में।

लाउंज में दाखिल होने वाला मैं आख़िरी था। अलोंज़ो कार्नेरो महिला के पैरों के पास बैठा था। जिस विन्यास से वे लोग बैठे थे उससे लगता था कि ध्यान का केंद्र वही होने वाला था। दोनों बूढ़े उसकी ओर मेहरबानी से देख रहे थे, यही सही शब्द है। ऐसा लगता था कि हमारे शरीर तय नहीं कर पा रहे थे कि वास्तविक हों या नहीं, मैंने आदमियों का ऐसा समूह कदाचित् ही देखा था जिसमें इतनी चीज़ों का अभाव था, हर दूसरे पल पूरे घुटने, कंधे, पैर ग़ायब हो जाते थे लेकिन उससे हमारी आँखों को जरा भी दिक़्क़त नहीं होती थी, मामला जब बहुत ही ज़्यादा विकट हो जाता था तो वे खुद ख़ाली जगहें भर लेती थीं, दूसरों की आँखों में बसेरा कर लेती थीं, जैसे उस तरह से इस अदृश्यता का उपचार हो सकेगा। सिर्फ़ वह वैसी ही रही जैसी वह थी, लड़का उसे देख रहा था और उससे बोलते हुए पूरे वक्त उसकी ओर देखता रहा। उसने उसे कोई इशारा किया होगा कि वह बोलना शुरू करे।

शुरू? यह सही शब्द नहीं था, और अब सही शब्द को चुनना महत्त्वपूर्ण है, यह तुम मुझसे बेहतर जानती हो। उसने शुरू नहीं किया, उसने ख़त्म किया। इसे किस तरह कहूँ? उसकी कहानी एक शुरूआत और एक अंत वाली कहानी थी लेकिन साथ ही वह एक ऐसी कहानी का अंत थी जिसे हम पहले ही बहुत ज़्यादा सुन चुके हैं, कैसे उसकी दादी जो फ़ासिस्टों द्वारा बुर्गोस में गाँव की दूसरी औरतों के साथ मार डाली गई, उसके अपने सबसे अच्छे दोस्त का दादा गोली चलाने वाले दस्ते में शामिल था, और कैसे गाँव में हर आदमी इसके बारे में जानता था और यह भी जानता था कि गोली मारने वाले फ़ौजियों का मरणांतक अपमान करने के लिए औरतों ने अपनी ज़िंदगी के बिल्कुल आख़िरी क्षण में अपने घाघरे ऊपर कर लिए थे, कैसे उसके माता-पिता ने उस दोस्त के साथ उसका खेलना इस वजह से मना कर दिया था कि ऐसी चीज़ें कभी भी नहीं भुलाई जानी चाहिए, जिस इलाके का वह था वहाँ तो बिल्कुल नहीं, इसलिए वह और उसका दोस्त जिसका नाम मानोलो था अँधेरे में मिलते थे और उस शाम भी मिले थे जिसके बारे में

वह बताना चाह रहा था, जिसके बारे में उसने एक मंत्र-जाप की तरह बताया, शब्दों की एक लंबी धारा में, कैसे वह हमेशा मानोलो को चुनौतियाँ देता रहता था और मानोलो उसे और वे हमेशा एक-दूसरे को हराते रहते थे और अक्सर रात में जब बुर्गोस-माद्रीद एक्सप्रैस गुज़रने को होती थी तो वे पटरी पर लेट जाते थे कि दोनों में से कौन गाड़ी के एकदम पास आ जाने के सबसे बाद उठता है। लाउंज में एकदम ख़ामोशी थी, हमने देखा कि वह उठ खड़ा हुआ था और बाइबिल में वर्णित मंदिर में खड़े ईसा की तरह दिख रहा था, हम जानते थे कि अब क्या होगा और हम वह सुनना नहीं चाहते थे, हम एक-दूसरे को देख रहे थे क्योंकि अब उसका चेहरा लगभग देखा नहीं जा रहा था। वह अब हमें नहीं देख रहा था, सिर्फ़ उसे देख रहा था, और मैंने कुछ ऐसा देखा जो मैं दूसरे, बाद के किस्सों में भी देखने वाला था : कहानी कहने वाले ने उस महिला में कुछ ऐसा पहचाना जो उसे बेहद परिचित लगा, जैसे वह वह न हो जो वह थी, बल्कि कोई ऐसा जिसे वह बहुत पहले से जानता था, इसलिए उसने अपनी कहानी किसी अजनबी को नहीं बल्कि एक ऐसे व्यक्ति को सुनाई थी जिसे सिर्फ़ वह देख रहा था। सो हमने दरअसल किसी को नहीं देखा, क़िस्सागो ने सिर्फ़ उस एक को देखा जो उसके लिए वे शब्द खोजना संभव बना रही थी जो उसकी कहानी के आंतरिक सत्य के संभवतम समीप पहुँच सकें। मैंने जहाज़ के शोर को दम तोड़ते सुना, किस तरह बाहर अब चौड़ी, रात-जैसी अँधियारी नदी नहीं बल्कि सिर्फ़ ज़मीन फैली हुई थी, सूखे मैदान। वे दोनों लेट गए थे, उसने बड़े रीछ को देखा जिस पर वह पहले गुलेल से वार करता था और उसे लगा था कि वह रीछ उसे देख रहा था, कि वह सब कुछ देख रहा था। पहले उन्होंने आपस में बात की थी, हर एक ने कहा था कि वह पहले नहीं उठेगा, लेकिन इस बार वह ठीक-ठीक जानता था कि अपने बारे में वह सच कह रहा था, और फिर चारों तरफ़ सन्नाटा छा गया था, सूखी घास में कुछ सरसराहट, कभी-कभार कोई कार, बस यही सुनाई पड़ता था। और फिर, बहुत बहुत दूर से, आवाज़ आ रही थी, उसे ऐसा लगा था जैसे गुनगुनाहट हो, वह लोहे की सख़्त पटरियों से सीधी कपाल में घुस जाती थी, वह अब भी उसे महसूस कर सकता था। उसकी आँखों में आँसू आ गए थे और उसके लिए वह शर्मिंदा था और साथ ही वह एक रोमांच भी अनुभव कर रहा था क्योंकि अब सब उस तरह आएगा जैसा उसे आना चाहिए, वह भयावह, लगातार बढ़ती आती तेज़ आवाज़, वह सन्नाटा

जिसमें वह नज़दीक आ रही थी, मेसेता के आकाश के तारे, वे आँसू जिनमें वे उजाले के धुँधलाए, गीले धब्बे बनकर तैर रहे थे। हम निश्चल बैठे हुए थे, मैं जानता था कि मैं उसकी तरफ़ अब और नहीं देख सकता था, क्योंकि उसकी आवाज़ में उस बढ़ती हुई धड़धड़ाहट की जगह एक गर्जना ने ले ली थी, अब सब कुछ सिर्फ़ यह आवाज़ बन चुका था, कोई भी उस सब की कल्पना नहीं कर सकता था, और उस दौरान जब वह यह कह रहा था तब वह अपनी हथेलियों से अपने कान ढके हुए था, और जो उसके लिए एक बहरा कर देने वाले, सबकुछ को लपेट लेनेवाले तूफ़ान के शोर की तरह रहा होगा, उसके ऊपर उसकी अत्यंत धीमी आवाज़ कहती जा रही थी, और उसने बताया कि उसने देखा मानोलो कैसे झपट कर खड़ा हो रहा था कि वह राक्षसी, काला, भारी आकार उस पर आ गया, और खूब हाथों को ख़ूब फैलाए हुए जैसे कि दिखाना चाहता हो कि एक शरीर के दो टुकड़े कैसे होते हैं, वह लाउंज के बीच में खड़ा हुआ था, और हममें से किसी को भी देखे बिना सब तरफ़ देखता रहा और हम, निश्चेष्ट देखते रहे कि वह महिला कैसे उठी और एक अत्यंत मार्मिक संकेत से उसे बाहर ले गई।

हम कुछ और समय तक बैठे रहे और फिर डेक पर गए। कोई भी नहीं बोला। मैं जहाज़ के बाएँ हिस्से की तरफ़ खड़ा हो गया और दक्षिणी किनारे की ओर देखने लगा जहाँ से दूर की आवाज़ें आ रही थीं। साटन-जैसे जल पर हमारी बत्तियों के प्रतिबिंब के अलावा मैं कुछ नहीं देख पाया। सो इस तरह था। धरती अपने दिन और रात के मुखौटों का अभिनय करती रहेगी, जैसे वह हमें कुछ याद दिला रही हो, और हम, जो पहले ही कहीं और थे, उसे देखेंगे। मैं इस देश को जानता था जो अब दिख नहीं रहा था, मुझे मालूम था कि उन दूर तटों पर क्या चल रहा है। हम ओबिदोस के पीले, कीचड़-भरे पानी की भुलभुलैयाँ जैसे सँकरे मुहाने होते हुए यात्रा करेंगे, विराट वन के पेड़ हमारे एकदम पास, 'फूरो ग्रांदे' में डालियाँ हमारे जहाज़ को छुएँगी, मैं यह जानता था, मैं यहाँ पहले एक बार आ चुका था। बेशक मैं यहाँ आ चुका था। नंगे आदिवासी बच्चे बेड़ों पर, पानी में गेंड़ियों पर, झोपड़ियाँ, पेड़ों के तनों से बनाई गई डोंगियों में चित्रलिपि जैसे मल्लाह, वृक्षों की चोटी पर बड़े बंदरों की चीखें और किटकिटाहट, जब शाम ढलती है। जब *फिर* शाम ढलती है। कभी-कभी काले आकाश में एक कौंधे वाला तूफ़ान अपने कुपित, चमकते हुए अक्षर घसीट जाता है, अपाठ्य, मिटते हुए।

और उसके बाद, जब हम सँकरे मुहाने से गुज़र जाते हैं, विचित्र मेज़ों जैसे पहाड़, 'सांतारेम', अपने विकलमस्तिष्क ओपेरा भवन के साथ मानाओस के आधे रास्ते पर, 'तापाख़ोस' का हरा पानी सुनहरे कीचड़ में मिलता हुआ, और वह दूसरा, चीख़ते हुए तोतों का और ज़्यादा चटख हरा, लाल और पीला रंग, रंगीन कपड़ों की तिरती हुई कतरनों की तरह तितलियाँ, और शाम को हाथ के बराबर बड़े पतंगे डेक की बत्तियों से अपने को झुलसाते हुए।

इस तरह से उसे जारी रहना था, एक भारीपन, एक बोझ, और हम, मुसाफ़िर, नरक के पूर्वलोक में। हर शाम, यदि यह शब्द सही है तो, हममें से कोई एक अपनी कहानी सुनाता, और मैं उन कहानियों को जानता था और नहीं जानता था, और हर यह कहानी एक दूसरी, ज़्यादा लंबी कहानी का अंत होती। एक यही बात थी कि दूसरे मुझसे कहीं अधिक बेहतर जानते लगते थे कि उन्हें कौन-सी कहानी सुनानी है। एक अंतहीन कहानी का सुनानेवाला एक ख़राब क़िस्सागो होता है, यह तुम जानती हो। जहाँ तक मैं देख सकता था, किसी को कोई डर हीं था। वह पीछे छूट चुका था। जो मैं अनुभव कर रहा था वह एक उल्लास था जिसे मैं समझ नहीं पा रहा था।

नदी सँकरी हो गई फिर भी एक झील जितनी चौड़ी थी। 'मानाओस' पर हमने वह रेखा पार की जो अमेज़न और 'रिओ नेग्रो' को अलग करती है, काला जल उस जल के बगल में साथ-साथ बहता हुआ जो बीच में भूरा था, दो रंग जो एक-दूसरे से नहीं मिलना चाहते थे, काला मृत्युजल सुलेमानी पत्थर जैसा चमकदार, भूरा धूप में तँबियाया हुआ, सख़्त, दूरियों और आदिवनों का बयान करता हुआ। मुझे पता नहीं था कि मेरी बारी कब आएगी, फ़िलहाल मैं सुनने और दूसरों को सुनाने से, उनके जीवन के आख्यानों को इस तरह पढ़ने से संतुष्ट था जैसे किसी ने उन्हें मेरे लिए ही रचा हो। पादरी ने हैरिस की कहानी को इस तरह सुना जैसे वह एक बार फिर गिरजे में बैठकर इक़बाल सुन रहा हो और ख़ुद हैरिस को पादरी की कहानी इसलिए नहीं सुननी पड़ी कि वह पहले ही ग़ायब हो गया था। वह क्रम में दूसरा था और हम उसे सुनते रहे जैसे हमें बाकी सब को सुनना पड़ा, एक विदाई-समारोह था यह, उस संयोग का उत्सव जिसने हमारी ज़िंदगियों को एक समय, एक स्थान और एक नाम से जोड़ दिया था। और हम विनम्र थे, हम एक-दूसरे के साथ मरे, हमने उस अंतिम क्षण को

हर कहानी के आख़िर तक बढ़ाने में एक-दूसरे की मदद की, कुछ और भी करने को था, सोचने के लिए कुछ और भी था, और ऐसा लगता था कि उसके लिए जितना समय चाहिए था उससे कहीं ज़्यादा हमारे पास था।

हैरिस पर गुयाना के एक बार में हमला हुआ था, उन सारे अनंत क्षणों में, जिनमें वह चाँदी-जैसा चमकता हुआ चाक़ू उसके शरीर में धँस रहा था, उसके पास लिस्बन में इस जहाज़ पर सवार होने का और हमारे साथ यात्रा करने का वक्त था, फिर भी वह जानलेवा वार अपने ख़ात्मे तक नहीं पहुँच पाया था। किसी अश्वेत औरत को लेकर वह हुआ था, जॉर्जटाउन के बाहरी इलाके के एक घटिया चकले में, एक हज़ार किलोमीटर की दूरी से वह उस ईर्ष्यालु चाक़ू को आते देख रहा था, वह अपनी समूची ज़िंदगी को उस एक लम्हे में जमा कर सका था, उसे यह महसूस होता था कि उसका जीवन कितने *तर्कसंगत*—इसी शब्द का इस्तेमाल किया था उसने—तरीके से गुज़रा था।

तेरह मिनट, कप्तान देकोब्रा अब भी ठीक-ठीक जानता था, उस क्षण से जब उसके चार एंजिनों में से एक बेकार हो गया और उस क्षण के बीच लगे थे जब उसके हवाई जहाज़ ने समुद्र की सतह को छुआ था। साउंड ऑफ़ इम्पैक्ट। आघात की ध्वनि। उसने उस दिन के बादलविहीन आकाश में उस बादल के बारे में बताया जो, चूँकि सूर्य उसके पीछे था, एक रुपहले राक्षस-जैसे आदमी के आकार सा लगा था जो पास आता हुआ सारे आस्मान को ढकता प्रतीत हो रहा था। उस क्षण उसने उन सैकड़ों ज़ायरीन के बारे में नहीं सोचा जिन्हें वह एक विशेष उड़ान में मक्का से वापस ला रहा था, और न पेरिस में अपनी पत्नी और जकार्ता में अपनी प्रेमिका के बारे में, बल्कि सबसे ज़्यादा उसे उन दो मामूली चीज़ों का ख़याल आया जो नीचे धरती पर कहीं अपने दो अलग-अलग फ्रिजों में पड़ी हुई थीं। इस दौरान बाकी सब जारी था, राडार फिर ठीक से काम नहीं कर रहा था, उसे तत्काल समझ में नहीं आया था कि वह बादल उस राख का था जो नीचे क्राकाताउ ज्वालामुखी के गर्त से उठ रही थी, उसने एंजिनों को बेकार होते सुना, एक के बाद एक, तापमान 350 अंश से करीब नहीं तक आ गया था क्योंकि कम्बस्शन बंद हो गया था, ज़ाहिर है कि वह भयभीत हो गया था, उसने अतिरिक्त इग्निशन से एंजिनों को दुबारा चालू करने की कोशिश की थी लेकिन कोई हरकत, कोई प्रोपल्शन नहीं हुआ, और अचानक ऐसा लगा कि

यह उसकी पहली उड़ान हो, बहुत पहले, ग्लाइडर वाली, लेकिन यह सबसे बड़ा संभावित ग्लाइडर था, एक डरावनी सरसराहट के साथ वे हवा में डगमगा रहे थे, उसने अपने पीछे से चिल्लाहटें आती सुनी थीं, उसने अपनी आपातकालीन बैटरियों का सहारा लिया था, उसने अपना विपत्ति का 'मेडे' संकेत भेज दिया था, और इस सारी उत्तेजित हड़बड़ी में उस पर एक अपार्थिव शांति छा गई थी, जो, उसने कहा, करीब एक वर्ष तक रही, जिसमें वह अपने संस्मरणों की पुस्तक लिख सका, युद्ध, हवाई भिड़ंते, बमबारी, उसके जीवन की वे दोनों औरतें, हर बार उड़ने से पहले जिनके लिए वह कोई ख़ास चीज़ पकाता था और उसे फ़्रिज में छोड़ देता था ताकि जब वह धरती के दूसरे छोर पर हो तो वे उसे निकाल कर खाएँ, यह शायद हास्यास्पद और बचकाना था, लेकिन उसे एक रहस्यमय सुख देता था, जिस तरह उसे अभी यह कल्पना करके सुख हो रहा था कि जल्द ही, जब वह नहीं रहेगा, ये दोनों औरतें, जो एक-दूसरे के वजूद से बेखबर थीं, एक ऐसी चीज़ खाएँगी जो दरअसल उसने बनाई थी, जो तब दुनिया में नहीं था, और क्या यह मज़ेदार बात नहीं थी, और ज़ाहिर है कि हमें वह मज़ेदार लगी थी और हमने उसकी इस्पाती नीली आँखों में देखा, और इस तरह वह भी चला गया, बदन एकदम सीधा, फ़ुर्तीला, एक ऐसा आदमी जो निडर था, जो संसार के सबसे बड़े वायुयान में इस तरह उड़ा था जैसे वह काग़ज़ का हवाई खिलौना हो, तुमने अपना हाथ बढ़ाया था और उसने उसे थामा था और मैंने तुम दोनों को लाउंज के काँच के दरवाज़े से ओझल होते देखा था।

उस रात मैंने आख़िरी बार सपने में ख़ुद को अम्स्टर्डाम में अपने बिस्तर में देखा लेकिन मैं, बिस्तर वाला आदमी, मुझे उबाने लगा था। उसके माथे का पसीना, वह बिगड़ा हुआ चेहरा, यह हाव-भाव कि जब मैं चैन से अमेज़न की सैर कर रहा था तब भी बहुत सारे दुख उठाए जा रहे थे, मेरे बिस्तर के बाज़ू की वह अलार्म-घड़ी जिसमें समय जैसे गोंद की तरह चिपक गया लगता था, और उस दौरान मैं कितने-कुछ से गुज़रा था। मेरा विचार था कि उसे वह सब बर्दाश्त करना चाहिए, वहाँ की तकलीफ़ का कोई संबंध यहाँ मेरी इस उत्कर्ष की भावना से नहीं हो सकता। अब हम सिर्फ़ तीन बचे थे और किसी ऐसे व्यक्ति के लिए, जिसने कालजयी ग्रंथों से यह सीख रखा था कि हर कथा का एक आरंभ और एक अंत होना चाहिए, सामने अँधेरा दिखने लगा था। मैं संकट में हवाई जहाज़

पानी पर नहीं उतार सकता था, किसी ने मुझे चाकू घोंपने की कोशिश नहीं की थी, जिस एक बार मुझे शारीरिक हिंसा का सामना करना पड़ा था वह तब था जब आरेंड हेफ़र्स्ट ने मुझे मारा था और उसे भी वह ठीक-ठीक अंजाम नहीं दे पाया था।

पादरी फ़ेर्मी के सामने ऐसी कोई समस्याएँ नहीं थीं। उन्होंने हमें खुलकर उस चरम आनंद के क्षण के बारे में बताया जब उन्हें अपने गिरजे के महंत से 'सांतीआगो दे कोम्पोस्तेल्ला' की तीर्थयात्रा करने की अनुमति मिली थी। उनके मन में उससे एक चित्र खिंच गया था। बड़े गिरजे के ओसारे में स्थित संगमर्मर के स्तंभ पर, जहाँ सदियों से तीर्थयात्री अपनी कठिन यात्रा की समाप्ति के बाद राहत में अपने हाथ टिकाते आए हैं, घिसते-घिसते एक पूरा हाथ बन गया है। वह एक सशक्त छवि थी मुझे यह मानना पड़ेगा, उन्होंने उसका वर्णन उस चित्रण से कहीं अधिक बढ़ा-चढ़ाकर किया था जो मैंने डॉ. स्त्राबो के रूप में अपनी 'पश्चिमी तथा उत्तरी स्पेन पथप्रदर्शिका' में किया है। मैंने उसका उल्लेख किया था, इससे अधिक कुछ नहीं, किंतु उन्होंने उसका एक पूरा नाटक खड़ा कर दिया : कैसे यह संभव था कि किसी संगमर्मर के खंभे पर एक हाथ के टिकने से उस पत्थर का एक बहुत छोटा कण खिर जाए, सूक्ष्मदर्शी, इतना नन्हा कि दिखाई न दे, और कैसे इन सारी सदियों में इन सारे हाथों की लगातार उस क्रिया से एक ऐसा हाथ बन जाए, *जो वहाँ हो ही नहीं*। यदि किसी अकेले को ऐसा करना हो तो कितना समय लगेगा? शायद बीस शताब्दियाँ!

मैं जानता था कि वे काहे के बारे में बोल रहे थे, क्योंकि मैं भी उन शिल्पियों में से एक था, मैंने भी उस अनुपस्थित हाथ में हाथ लगाया था। वह उससे कहीं ज़्यादा था जो फ़ादर फ़ेर्मी ने किया था, क्योंकि जब वे मिलानो से तीन महीने चलते हुए अंत में सांतीआगो आए, उन्होंने (डॉ. स्त्राबो द्वारा निर्धारित) वह सब कुछ कर लिया था जो हर आदमी करता था, वे शहर के सामने की उस पहाड़ी चोटी पर दूर से उस बड़े गिरजाघर की अँधियारी रूपरेखा निहारने चढ़े थे, वे दोजानू हो गए थे और उन्होंने इबादत की थी और वे परमानंद में (यह उन्होंने कुछ संकोच से कहा) पहाड़ी से नीचे दौड़ गए थे और जब वे "सही हाथ पर" होने के लिए सड़क पार कर रहे थे तो तत्काल एक एम्बुलेंस से टकरा गए थे। जिस तरह से उन्होंने, एक नाचते हुए कदमों वाले वृद्ध ने, अपनी तीर्थयात्रा का अभिनय किया

था, उसी तरह उन्होंने उस एम्बुलेंस के आघात से पीछे नाचते हुए खुद को दिखाया, अपने हाथ इस तरह लहराते हुए जैसे कोई विराट पक्षी उनसे टकराया हो, या कोई ख़ौफ़नाक़ फ़रिश्ता। उन्हें संतुलित रखने के लिए प्रो. तंग को उछलना पड़ा था लेकिन उन्होंने ध्यान तक नहीं दिया, उनकी आँखें सिर्फ़ तुम पर टिकी थीं। तुमने उन पर क्या जादू कर दिया था? हममें से कोई नहीं जान पाएगा कि जब वे तुम्हें अपनी कहानी सुना रहे थे तो दूसरे ने क्या देखा था, लेकिन जो भी चेहरा तुम दिखाओ, पहचानने लायक या बिल्कुल नहीं, प्रत्याशित या अप्रत्याशित, उसका कुछ-न-कुछ संबंध कृतार्थता से रहा होगा। मैं जानने को उत्सुक हूँ।

अब सिर्फ़ तंग बचे हैं, उन्हीं की बारी है। जहाज़ रेंगता-सा लग रहा है, और आगे नहीं जाना चाहता है। हमें घेरे हुए आदिवन के बारे में मैं जानता हूँ, हम जब किसी बस्ती के पास से गुज़रते हैं मैं सूखी मछलियों और सड़ते फलों को सूँघ सकता हूँ। कभी-कभी मैं पानी के ऊपर बच्चों की आवाज़ें सुनता हूँ, कभी-कभी आदिवासियों से लदा कोई छोटा जहाज़ गुज़रता है, जिसके बाद कुछ देर तक मैं उसके डीज़ल एंजिन के सुबकने की आवाज़ सुनता हूँ। 'कोआरी', 'फ़ेफ़े', दुनिया में और भी नाम हैं।

जब मैं पहुँचता हूँ तो तुम दोनों पहले से ही मौजूद हो। मुझे मेरी कहानी सिर्फ़ तुम्हें सुनानी होगी। तुम अपना पर्सीफ़ोनी चेहरा लगाए हुए हो (फ़ादर फ़ेर्मी : "लेकिन एक कालजयी साहित्य के अध्येता होने के नाते आपको जानना चाहिए कि मृत्यु एक स्त्री है") लेकिन प्रोफेसर तंग कुछ और देखते हैं, कुछ, जो शायद उस कवि से मेल खाता है जो उनका आजीवन सहचर रहा है जैसे ओविद मेरा, और अचानक वे हमें अपनी बूढ़ों वाली आवाज़ में उस झुंड को सुनाने लगते हैं जो शोरगुल करके उन्हें भगाना चाहता था, सांस्कृतिक क्रांति के दिनों के उनके खुद के विद्यार्थी, उन्हें एक मंच पर खड़े होने के लिए बाध्य कर दिया गया था और क्रांतिकारी लक्ष्य के साथ विश्वासघात करने के लिए, एक ऐसी जाति को महिमामंडित करके, जिसने जनता को अपमानित किया था, शोषक वर्ग के पतनशील, सामंती मनोरंजन में लिप्त होने के लिए, और एक घृणित अतीत के व्यक्तियों के अंधविश्वासों तथा अप्रासंगिक निजी भावनाओं के प्रति स्वयं को

समर्पित करने के लिए उन पर थूका गया था और उन्हें पीटा गया था। वे भाग्यशाली थे, वे उस सबसे जीवित निकल आए थे और उन्हें देहात के एक सुदूर कोने में निर्वासित कर दिया गया था जहाँ वे तब तक रहे जब नये परिवर्तन आए लेकिन उनके भीतर कुछ तड़क और टूट चुका था, यू कुआन की तरह अब वे स्वयं को एक ऐसे पतित समय का बंदी समझते थे जिसमें वे जीवित नहीं रहना चाहते थे, फिर उन्होंने परिवर्तन के पहियों को दुबारा घूमते देखा था और उन्होंने संसार की तरफ़ पीठ कर ली और निकल गए। उन्होंने अपने कवि को दुहराया : "मैं सुबह कलंकित किया गया और उसी शाम देश से निकाला गया।"

कविता को अपना अकेला सामान बनाकर वे तब तक चलते रहे जब तक एक नदी के पास पहुँच नहीं गए और इस तरह उन्होंने अपनी ज़िंदगी पीछे छोड़ दी थी जैसे किनारे पर तज दी गई कोई वस्तु हो। पानी ने उनके कपड़ों को भारी बना दिया था, वह एक छोटी नाव की तरह तैरे थे और हवा के तेज़ होने के लिए रुके थे ताकि वे अपनी महान यात्रा पर निकल सकें। अपने चारों ओर उन्होंने जल को हर तरह से बुदबुदाते सुना, वह बहुत कोमल और मंद लगा था। उन्होंने अपने हाथ से तुम्हें एक संकेत किया था, वे लगभग अदृश्य हो चुके थे जैसे वे किसी नाजुक, बेहद पुरानी चीज़ से बने हों और तुमने भी वही संकेत दिया था और उठकर खड़ी हो गई थीं।

लाउंज के दूर लगे आईने में मैंने स्वयं को अकेले बैठे हुए देखा और अम्स्टर्डाम के उस आदमी, उसके हाथ के उस फ़ोटो, उसके उस सपने के बारे में सोचा जिसमें उसने मुझे उसके बारे में सोचते देखा था। मैं उस सुकरात की बगल से होता हुआ बाहर गया। मैंने उन भद्दी भौंहों के नीचे उन अंधी आँखों में और अम्स्टर्डाम में मेरे बारे में सोचते हुए उस विचारशील नेआंडरठाल आदिमानव के सिर को देखा।

जहाज़ ने जल में अपने पीछे शायद ही कोई निशान छोड़ा, पानी इतना स्थिर और काला था कि मैंने झिलमिलाते सर्प और वृश्चिक, देवता और नायक जैसे काँच में प्रतिबिंबित देखे।

मैं प्रोफेसर तंग की तरह जल में उतर कर बहुत प्रसन्न होता, मैंने उनके चेहरे पर विदाई का हर्षातिरेक देखा था। किनारों से बड़े-छोटे कई मेंढकों की गहरी टर्राहट सुनाई दे रही थी। मैं कितनी देर वहाँ खड़ा रहा मुझे नहीं मालूम, सूर्य ने एक बार फिर पूर्व से आदिवन में एक डरावनी दमक पैदा कर दी थी, एक बार

फिर दिन का द्रुत उजाला नदी पर फैल गया जब तक कि अँधेरा फिर पक्षियों पर और वृक्षों पर, सब कुछ पर नहीं छा गया। अम्स्टर्डाम वाला आदमी यह बिना जाने सो गया कि वह किस तरह की यात्रा पर जानेवाला था। जैसे ही मैं तुम्हें अपनी कहानी बता चुका हूँगा कोई उसे खोज लेगा, लोग उस गठीले शरीर को लिटाने, उसे ड्रीहाउस-वेस्टरफ़ेल्ड के शवदाह-गृह में जलाने आएँगे, मेरा असंभव परिवार मेरे ओविद के अनुवाद को फेंक देगा या भगवान जाने जला डालेगा; डॉ. स्त्राबो की पर्यटक पथप्रदर्शिकाएँ अगले दस बरस या उसके आसपास तक छपती रहेंगी जब तक कि उन्हें लिखनेवाला कोई दूसरा मूर्ख न मिल जाए, कोई पुराना विद्यार्थी हेर्मान मुस्सर्ट की मृत्यु-सूचना पढ़ेगा और कहेगा अरे, सुकरात मर गया और उसी समय मैं बदल जाऊँगा। मेरी आत्मा यात्रा पर नहीं प्रस्थान करेगी, जैसा कि असली सुकरात ने सोचा था, मेरा शरीर अनंत यात्राएँ प्रारंभ करेगा, कभी ब्रह्मांड से निष्कासित नहीं किया जाएगा, और इस तरह अद्भुततम कायांतरों में भाग लेगा और उसके विषय में मुझे कुछ नहीं बताएगा क्योंकि वह बहुत पहले मेरे बारे में सब कुछ भूल चुका होगा। एक समय जिस तत्त्व का वह बना था उसमें एक आत्मा का निवास था जो मुझसे मिलती-जुलती थी लेकिन अब मेरे तत्त्व के अलग कर्त्तव्य हैं। और मैं? मुझे मुड़ना होगा, जहाज़ के जँगले को छोड़ना पड़ेगा, सब कुछ छोड़ना होगा, तुम्हें देखना होगा। तुमने संकेत दिया था, तुम्हारे पीछे जाना कठिन नहीं था। तुमने मुझे अनंतता के बारे में, समय की एक लघुतम अवधि में स्मृतियों का एक अमाप्य अंतराल कैसे संचयित किया जा सकता है इसके बारे में, मुझे कुछ सिखाया था और जबकि मुझे उतना छोटा और आकस्मिक रहने की अनुमति दी गई थी जितना मैं था, तुमने मुझे मेरी वास्तविक महत्ता बतलाई थी। अब मुझे संकेत देने की आवश्यकता नहीं है, मैं आ रहा हूँ। दूसरों में से कोई मेरी कहानी नहीं सुन पाएगा, उनमें से कोई नहीं देख पाएगा कि वहाँ बैठी मेरी प्रतीक्षा करती स्त्री की आकृति मेरे सर्वाधिक प्रिय क्रितो की, उस किशोरी की है जो मेरी छात्रा थी, इतनी युवा कि उसके साथ अमरत्व की बात की जा सकती थी। और तब मैंने उसे सुनाई, तब मैंने तुम्हें सुनाई

अगली कहानी

अनुवाद की प्रविधि के विषय में

जब डच पक्ष से वाणी प्रकाशन को यह प्रस्ताव आया कि सेस नूटेबूम के उपन्यास 'हेत फ़ोल्ख़ेन्डे फ़ेर्हाल' का हिंदी अनुवाद करवा कर हिंदी में प्रकाशित किया जाए और उसके लिए मुझसे पूछा गया तो मैंने स्पष्ट बतला दिया कि मुझे डच भाषा के शायद दस शब्द ही आते होंगे। तब मुझसे कहा गया कि भारत में डच भाषा और साहित्य से व्यापक अपरिचय को देखते हुए मुझे इना रिल्के द्वारा अंग्रेज़ी में अनूदित तथा हार्विल, लंदन से प्रकाशित 'दि फ़ॉलोइंग स्टोरी' का इस्तेमाल करने की अनुमति है। किंतु जब मैंने जर्मनी के अपने जर्मन मित्र डॉ. युर्गेन गेल और उनकी डच पत्नी नेलिके के पुस्तकालय में मूल उपन्यास तथा उसका जर्मन अनुवाद देखे तो मुझे पता चला कि मेरे अत्यल्प जर्मन ज्ञान से भी मूल डच समझने में बहुत सहायता मिलेगी। मैंने मित्र-दम्पति से वे दोनों पुस्तकें उधार लीं और उसके बाद मुझे तीन महीने अम्स्टर्डाम रहकर अनुवाद करने की सुविधा मिली जहाँ अनेक उत्कृष्ट शब्दकोश उपलब्ध थे। इस तरह यह हिंदी अनुवाद जर्मन और अंग्रेज़ी अनुवादों से मूल का मिलान करते हुए तथा इन भाषाओं के सहारे मूल डच समझने की कोशिश करते हुए सम्पन्न किया गया है। उपन्यासकार सेस नूटेबूम से निजी मुलाक़ातों और टेलीफ़ोन-वार्तालाप से भी कुछ गुत्थियाँ सुलझीं। इस प्रक्रिया के दौरान अंग्रेज़ी और जर्मन अनुवादकों की पद्धतियों, रुझानों और कठिनाइयों से भी परिचय हुआ। यही कहा जा सकता है कि भले ही यह अनुवाद 'अच्छा' या 'पठनीय' न हो—जिसके लिए उपन्यासकार कतई ज़िम्मेदार नहीं है—किंतु यह मूल के निकटतम है।

सेस नूटेबूम की यह कृति आकार में छोटी और पढ़ने में सामान्यतः सादा है किंतु इसमें यूरोपीय संस्कृति की इतनी अनूगूँजें और सतहें हैं कि कुछ पाठकों को दिक़्क़तें आ सकती हैं। लैटिन के उद्धरणों से भी कठिनाई हो सकती है लेकिन उनके उच्चारण और हिंदी अनुवाद दिए गए हैं। पुर्तगाल और अमेज़न की यात्रा के वर्णन पाठकों के लिए नये होंगे। किंतु ऐसा शिल्प पश्चिमी साहित्य में अप्रत्याशित नहीं है और हिंदी में हो रहे गल्प-प्रयोगों और 'जादुई यथार्थवाद' के प्रचलन के कारण यहाँ भी चौंकाऊ नहीं कहा जा सकता। और यदि यह ध्यान में रखा जाए कि यह एक मृत या मरणासन्न व्यक्ति की अंतिम-स्मरण-यात्रा हो सकती है जिसमें स्वयं मृत्यु एक सहयात्री के रूप में उपस्थित है तो इस कृति के अनेक अर्थ-कपाट एक के बाद एक खुलते चले जाएँगे।

विष्णु खरे

इस उपन्यास के बारे में

'सुकरात' एक भूतपूर्व शिक्षक है जो हॉलैंड के एक स्कूल में प्राचीन लातीनी साहित्य पढ़ाता था, 'डॉ. स्त्राबो' एक सुविख्यात पर्यटन-लेखक है जिसे लाखों डच सैलानी विदेश-यात्राओं का अधिकारी विद्वान मानते हैं, हेर्मान मुस्सेर्ट को मानव-जाति से घृणा है—लेकिन सुकरात और डॉ. स्त्राबो उसी के दो मुखौटे या कायांतर हैं। एक सुबह जब मुस्सेर्ट की नींद खुलती है तो वह पाता है कि वह पुर्तगाल की राजधानी लिस्बन के एक होटल में लेटा हुआ है जबकि पिछली रात वह अपने देश हॉलैंड में अपने शहर अम्स्टर्डाम के अपने फ़्लैट में सोया था। साँसत और हैरत में पड़ा हुआ मुस्सेर्ट अंदाज़ लगाने की कोशिश करता है कि आख़िर उसके साथ हुआ क्या है—क्या उसकी मृत्यु हो चुकी या हो रही है और इन अंतिम क्षणों में वह अपना समूचा जीवन स्मरण करता हुआ उसे दोबारा जी रहा है या यह किसी क़िस्म का रहस्यमय, विचित्र सपना है? इस मृत्युवत् स्वप्न या स्वप्नवत् मृत्यु में मुस्सेर्ट अपने असफल जीवन के अवशेषों और अपनी दो प्रेमिकाओं की सुखद-त्रासद स्मृति-छवियों की अजीबोग़रीब अंतिम यात्रा करता है।

इस धोखादेह ढंग से 'मनोरंजक' तथा 'सहज' लगनेवाले उपन्यास में कोई भी वस्तु वास्तव में वैसी नहीं है जैसी वह प्रतीत होती है। इसमें बुद्धिलाघव न्यूनतम है और इसकी भाषा इतनी पारदर्शी और अगरिष्ठ है कि क्रियापदों में काल-परिवर्तन से अतीत और वर्तमान के बीच उपलब्ध की गई आवाजाही तथा उत्तम पुरुष, द्वितीय पुरुष और अन्य पुरुष के परस्पर कायांतरण से उपजी भँवर एक सुखद, चुनौती-भरा अर्थभ्रम उपस्थित करती हैं। 'अगली कहानी' शीर्षक ही इसकी आख्यानात्मकता की ओर संकेत करता है और निस्संदेह इसमें किस्सागोई के कई तत्त्व मौजूद हैं, बल्कि जो यूनानी और रोमक संदर्भ इसमें पिरोए गए हैं वे स्वयं

इसके समसामयिक वृत्तांत के संस्करण लगते हैं और बदले में इसे एक आधुनिक प्रतीक-कथा बनाते हैं। सघन और 'वास्तविक' होते हुए भी इसका घटनाक्रम आध्यात्मिक और अधिभौतिक अर्थ लेने लगता है।

सेस नूटेबूम अपनी इस रचना के एक स्तर पर ठेठ यथार्थवादी, ठोस ब्यौरों से भरे हुए और (आत्म-) परिहास तथा (आत्म-) व्यंग्य से लबरेज़ हैं और निर्ममता से अपने कथानायक की चीर-फाड़ करते हैं किंतु उनकी प्रतिभा कभी भी पार्थिव विश्व से ऊपर उठकर ब्रह्मांड की अनंत यात्रा पर निकल सकती है। कृशगात होते हुए भी यह कृति जटिल है, इसकी एक 'काया' के भीतर कई कायाएँ हैं, इसके दर्पणबहुल कक्ष में अनेक प्रतिबिम्ब एक-साथ सक्रिय दिखाई देते हैं। नूटेबूम की कथावस्तु, स्वर और शिल्प से कभी व्लादीमीर नाबोकौफ़ की याद आती है तो कभी प्रूस्त या फ्रांसीसी गल्पकार जॉर्ज पेरेत्स की, लेकिन उनकी अपनी उपलब्धि यह है कि उन्होंने 'अगली कहानी' में स्मृति की यंत्रणा, मोहभंग की स्वीकारोक्ति तथा मृत्यु के आभास को अभिव्यक्ति दी है।

जर्मनी के शीर्षस्थ आलोचक मार्सेल राइष-रानित्स्की ने सेस नूटेबूम को यूरोप का एक सर्वाधिक महत्त्वपूर्ण उपन्यासकार कहा है और 'अगली कहानी' को प्रकाशन-वर्ष का सर्वाधिक महत्त्वपूर्ण उपन्यास माना था। विख्यात उपन्यासकार ए.एस. बाइआट ने लिखा है : ''इतालो काल्वीनो का कहना है कि 'किसी कालजयी कृति को पढ़ना दरअसल एक पुनर्पाठ होता है।' सेस नूटेबूम के हर उपन्यास में यह कालजयी गुण है—वे नूतन और चौंकानेवाले होते हैं, और फिर भी वे तत्काल उस रीति का हिस्सा बन जाते हैं जिससे हम संसार को ग्रहण करते हैं, वे हमारे देखने के तरीके का हिस्सा लगने लगते हैं। नूटेबूम एक ऐसे ग्रल्पस्रष्टा हैं जो गहरी, प्रांजल और उद्विग्नकारी कहानियाँ कहते हैं, और जिस प्रणाली से कहानियाँ हमारे जीवन और विचारों का सारभूत अंश होती हैं उस पर चिंतन करते हैं। वे एक बड़े यूरोपीय लेखक हैं और 'अगली कहानी', जिसे 1993 का यूरोपीय साहित्यिक पुरस्कार मिला है, एक छरहरा शाहकार है...काल्वीनो ने यह भी कहा है कि कालजयी वे पुस्तकें होती हैं जिन्होंने कभी वह कहना बंद नहीं किया है जो वे कहना चाहती हैं और 'कालजयी शब्द हम उस पुस्तक के लिए प्रयोग करते हैं जो प्राचीन तिलिस्मों की तरह ब्रह्मांड के एक समतुल्य का रूप धारण कर लेती है।' मुझे ऐसी किसी दूसरी आधुनिक कृति का पता नहीं है जिसमें और अधिक सुनिश्चितता से यह गुण हो।''

सेस नूटेबूम

नेदरलैंड, या हॉलैंड, की राजधानी 'दि हेग' में 1933 में जन्मे सेस नूटेबूम ने आठ छोटे-बड़े उपन्यास लिखे हैं और उनके कई कहानी-संग्रह, काव्य-संकलन, नाटक, यात्रा-वृत्तांत तथा रिपोर्ताज आदि प्रकाशित हुए हैं। अपने हमवतन हारी मूलिश के साथ वे शायद विदेशों में हॉलैंड के सर्वाधिक लोकप्रिय लेखक हैं। 1955 में उनका पहला उपन्यास 'फ़िलिप और दूसरे' *(Philip en de anderen)* प्रकाशित हुआ जिसे एक सूक्ष्म, काव्यात्मक कृति माना गया। उसके बाद उनके दो कविता-संग्रह आए और 1963 में उपन्यास 'शूरवीर मर गया है' *(De ridder is gestorven)* प्रकाशित हुआ। सत्रह वर्षों तक मुख्यतः कविताएँ और यात्रा-वृत्तांत लिखने के बाद जब 1980 में उनका उपन्यास 'संस्कार' *(Rituelen)* आया तो उससे उन्हें राष्ट्रीय-अंतर्राष्ट्रीय ख्याति मिली। क्रमशः 1981, 1984 और 1991 में उनके अगले उपन्यास 'सत्य और आभास का एक गीत' *(Een lied van schijn en wezen)* 'नेदरलैंड में' *(In Nederland)* तथा 'अगली कहानी' *(Het volgende verhaal)* प्रकाशित हुए और विशेषतः 'अगली कहानी' ने उन्हें और भी प्रतिष्ठित किया। नूटेबूम पिछले चालीस वर्षों से अंशतः स्पेन में रहते हैं और उसे लेकर उन्होंने 'सांतिआगो का रास्ता' *(De omweg naar Santiago)* शीर्षक वृत्तांत लिखा है जो उनकी आत्मकथा-जैसा भी है। यात्राएँ, और स्थल तथा भूमिकाएँ बदलना नूटेबूम के लेखन के केन्द्र में रहे हैं। उनका नवीनतम उपन्यास 'दिवंगत-स्मरण-दिवस' *(Allerzielen)* 1998 में प्रकाशित हुआ जिसमें एक वायुयान-दुर्घटना में अपनी पत्नी और संतान खो देने वाला एक आदमी बर्लिन और स्पेन में अपनी स्मृति के प्रेतों का पीछा करता घूमता है और एक ऐसी युवती से प्रेम कर बैठता है जो तकरीबन उसकी शामत साबित होती है। सेस नूटेबूम की कृतियों के अनुवाद विश्व को अनेक प्रमुख भाषाओं में हुए हैं और उन्हें जर्मनी का 'श्रेष्ठता सम्मान' (ऑर्डर ऑफ़ मेरिट), 'संस्कार' के लिए पेगासुस पुरस्कार तथा 'अगली कहानी' के लिए 1993 का अरिस्तेइओन यूरोपीय साहित्य पुरस्कार आदि मिले हैं।

अनुवादक : छिंदवाड़ा (मध्यप्रदेश) में जन्मे कवि-आलोचक-पत्रकार-फ़िल्म समीक्षक विष्णु खरे पिछले 42 वर्षों से विदेशी साहित्य से अनुवाद भी करते रहे हैं। सेस नूटेबूम के उपन्यास 'हेत फ़ोल्ख़ेन्डे फ़ेर्हाल' का उनका यह अनुवाद समसामयिक डच साहित्य से दक्षिण एशिया की किसी भी भाषा में प्रकाशित होने वाला शायद पहला ही है, जिसे उन्होंने अक्टूबर-दिसंबर 2001 में अम्स्टर्डाम में रहते हुए लेखक के सहयोग से पूरा किया था।